GW00545521

Narratori Feltrinelli

Paolo Zardi
Tutto male finché dura

Prima edizione in "Narratori" maggio 2018

Stampa Grafica Veneta S.p.A. di Trebaseleghe - PD

ISBN 978-88-07-03301-8

www.feltrinellieditore.it
Libri in uscita, interviste, reading,
commenti e percorsi di lettura.
Aggiornamenti quotidiani

razzismobruttastoria.net

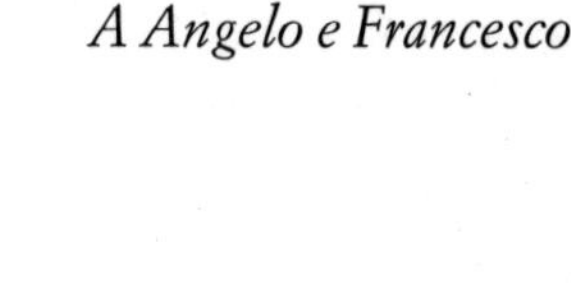

A Angelo e Francesco

Che relazione può esserci fra le molte persone nelle storie innumerevoli di questo mondo, che da opposti lati di grandi abissi si sono tuttavia incontrate?

CHARLES DICKENS, *Casa desolata*

1.

Quest'uomo inginocchiato davanti a una lavatrice, con un cacciavite in mano e gli occhi che cercano qualcosa oltre l'oblò sa che tra venti minuti morirà. Da un cesso senza porta, arriva lo scroscio di una pisciata e la voce di qualcuno che sta cantando una vecchia canzone della Nannini... Passando attraverso una finestra, la luce del sole al tramonto illumina la testa spelacchiata dell'uomo, le sue spalle curve, e una macchia di olio che riproduce involontariamente il Madagascar. Gli ultimi venti minuti di una vita sprecati a trafficare invano su un incomprensibile marchingegno, con il fiato corto, le mani sudate, il terrore che inzuppa le ascelle... poi la coscienza mollerà la presa sul mondo, e la storia sarà finita. La lastra di marmo della tomba sarà la quarta di copertina, con la biografia ridotta ai suoi dati essenziali: la data di nascita, la data di morte, forse il nome. Tutto il tumulto che c'è stato in mezzo – l'affannarsi quotidiano, i rotolamenti scomposti, la paura e l'amore, i denti, le tonnellate di cibo ingerito, e i miliardi di litri di aria inspirata, le albe e i tramonti e i giorni trattenuti tra le braccia –, di quel casino che per tutta la vita lui aveva chiamato *vita*, non rimarrà niente.

Questa è la fine, dunque. Erano anni che il destino lavorava per creare le circostanze necessarie – miliardi di anni passati a mettere in fila una coincidenza dopo l'altra, dal Big

Bang in poi: una scommessa persa, una foto scattata di sorpresa, una bugia di troppo, un codice a barre, una macchina che non parte... Un lavoraccio tremendo, di altissima precisione, da orologiaio.

Ancora venti minuti di coscienza, forse un po' meno. Il tizio che pisciava ha appena tirato l'acqua, e continua a cantare mentre si dirige verso di lui. Dal soffitto arriva il suono dei passi di centinaia di persone e i colpi di una musica piena di bassi. Forse qualcuno ha già iniziato a ballare. Il tizio intanto gli si avvicina, gli dà una pacca sulla spalla e gli chiede se va tutto bene. Lui alza lo sguardo, fissa la consistenza di quella faccia che sembra carne andata a male, e non sa cosa dire. Poi l'uomo indica qualcosa dietro le sue spalle: "E quella chi è?".

Che brutta cosa, la fine. Ma prima, l'inizio.

2.

Le città nascono, le città crescono... e poi le città si ammalano e muoiono, alcune per consunzione, come quelle stelle che finiscono il carburante e si spengono, altre sfrangiate dalle metastasi dei quartieri tentacolari che si espandono in ogni direzione. Nelle mappe appese alle stazioni della metro si vedeva il profilo caotico della città vista dall'alto, ed era un neo trascurato ormai fuori controllo: il nucleo compatto, scuro, ribollente, e bracci sfilacciati che si allungavano oltre la tangenziale, verso il verde della campagna. Nella periferia frastagliata c'erano strade larghe come piste di aeroporti, e i palazzi che le costeggiavano per chilometri erano scatoloni scrostati di asfalto e vetro, buttati là a caso, sotto il costante assedio delle automobili che lottavano tutto il giorno a ogni incrocio, in ogni parcheggio; solo la notte riposavano immobili, con il cofano ancora caldo, imbiancate dalla luce algida del neon dei supermercati sempre aperti, sempre vuoti...

In quella periferia ci si batteva come in certe civiltà precolombiane sprofondate nella giungla: era tutto sopravvivenza, battaglie darwiniane, interminabili catene alimentari di prede e predatori. Un uomo tozzo con la testa rasata, ad esempio, ne stava inseguendo un altro più piccolo, sulla cinquantina, gridandogli dietro: "Pezzo di merda, fermati che devo spaccarti la faccia!". Erano le cinque del pomeriggio ed era già notte. Si faceva largo spingendo ragazzi con lo skateboard, vecchie che trascinavano trolley per la spesa, mamme con figli imbacuccati – era metà novembre: giornate fredde e sempre più corte, costanti minacce di perturbazioni dai confini orientali dell'Europa, nebbia solida fuori dalle finestre la mattina. Poi gli uomini con la testa rasata erano diventati due – ne era uscito un altro da un discount, attivato da un qualche segnale, un mastino più nervoso, questo, con la magrezza e i muscoli degli uomini dell'Est, meno grosso, meno squadrato, con uno sguardo meno rognoso, e si era affiancato al primo – e l'uomo inseguito, la preda mingherlina, aveva accelerato il passo senza girarsi: con il fiato corto, calcolava quanto avrebbe impiegato ad arrivare alla M della metropolitana che intravedeva alla fine della strada, prima di un attraversamento pedonale, accanto a un semaforo lampeggiante da anni. Ho qualche metro di vantaggio, pensava, e loro, prima di raggiungermi, dovranno arrivare al punto in cui io sono adesso, e quando ci arriveranno dovranno arrivare al punto in cui io sarò in quel momento... Per essere davvero tranquillo avrebbe dovuto iniziare a fare un po' di moto: aveva provato a mettersi in forma, ma la cyclette ellittica comprata su eBay era ricoperta di polvere. È una questione di volontà, gli aveva detto il trainer che gestiva la palestra dove era andato per un mese, prima che lo cacciassero fuori per quella storia delle docce... Ma il trainer non capiva che la sua volontà era già molto assorbita da altre cose – dall'arraffare un po' di sesso qua e là, nel trovare un po' di soldi. Dal farlo sopravvivere, insomma. Intanto i due tizi si erano fatti più vicini, e poiché avevano iniziato a correre, aveva iniziato a correre anche lui, per quella legge di Newton che lega azione e reazione. Mentre scendeva i gradini della metro gli sembrò di sentire un colpo di pistola, e qualcuno che gridava. Possibile che si arrivasse a tanto? Scavalcò i tornelli e corse verso i binari. "Stronzo, fermati! Testa di cazzo!" gli gridavano quei tizi, a lui che non sopportava il turpiloquio.

Ai binari, il treno lo aspettava con le porte aperte. Saltò dentro, infilandosi nel mucchio di persone che riempivano il vagone. Dal finestrino vide le facce dei due uomini: con la bocca spalancata, gli occhi fuori dalle orbite, e una rabbia bavosa, sembravano dei leoni con il cervello di un ippopotamo. Spesso la ferocia si accompagna all'ottusità.

Il signore accanto a lui, alla sua sinistra, un sessantenne forforoso, era fermo a pagina cinque del giornale da almeno due fermate: si era incaponito su un articolo che parlava di una donna che aveva partorito tre gemelli. L'aspetto sorprendente di questa storia riguardava il fatto che uno dei neonati era nero. C'era anche la foto del piccolo, con gli occhi pixelati. Il marito, diceva l'articolo, era diventato improvvisamente irreperibile; e la donna, intervistata, parlava di un miracolo. Nei giornali, nei romanzi, in televisione, non era semplice trovare tracce di verità. A pagina quattro, ad esempio, c'era scritto in caratteri cubitali: "MINACCIA TERRORISMO, STATO DI ALLERTA". Di quelle minacce ce n'era una alla settimana – pacchi bomba, valigie lasciate in stazione, telefonate anonime. La polizia aveva intercettato delle telefonate in cui si parlava di un attentato proprio da quelle parti, ma questa volta l'Isis non c'entrava nulla – era tutta roba fatta in casa. Si parlava di qualcosa di imminente, due giorni, al massimo tre. C'era una specie di termometro, in un riquadro incastonato nell'articolo, un indicatore, e la sua lancetta puntava sul rosso: bisognava avere paura, diceva la didascalia. Il vecchio forforoso evitava scrupolosamente di leggere quelle notizie – forse aveva finito la sua scorta di terrore, e si accontentava dei gemelli. Lui invece continuava a sbirciare la pagina quattro: le forze dell'ordine cercavano, ormai da mesi, di individuare un movimento di cui non sapevano praticamente niente, se non che esisteva e che puntava a una forma di *downgrade* su scala planetaria... Si parlava di neoluddisti, agricoltori spazzati via dalla tecnologia, falegnami, gente stritolata dalla modernità, dal capitale, dalla ferocia delle rendite. Anche lui aveva avuto modo di sperimentare la violenza sotterranea che scorreva nelle periferie. Due giorni prima un romeno gli aveva puntato un coltello alla gola (aveva appoggiato la punta proprio sulla trachea) per un dente che, sosteneva il romeno, lui gli aveva tolto senza alcun motivo. Aveva provato a spiegargli che c'era sempre un buon motivo per togliere un dente ma non c'era stato niente da fare: la gente non si fidava più di nessuno e passava subito alle maniere forti. Aveva dovuto fargli uno sconto, a quella furia, e regalargli un orologio per tenerlo buono... Non erano mai volate tante sberle come negli ultimi anni. E ogni tanto qualcuno si lasciava prendere la mano. Una settimana prima un vicino di casa, che la mattina, quando usciva per andare a lavorare, salutava tutti, aveva buttato la moglie fuori dalla finestra – da una finestra *chiusa*. Abitavano al sesto piano e la testa della donna era diventata marmellata, là sotto: l'avevano raccolta dal marciapiede con una paletta e ora, a distanza di giorni, c'era ancora una macchia, simile ai resti di una vomitata. E sul giornale cosa avevano scritto? Corna. Un volo di venti metri per un paio di corna. Si perdeva la pazienza per un nonnulla. Ci pensava spesso, al nervosismo degli altri. Lui era più sereno e per troppa serenità non si era accorto che la sua fermata era già passata da un pezzo. Quando avevano ristrutturato le stazioni di quella linea a nessuno era venuto in mente che sarebbe stato meglio farle tutte diverse: ormai era un viavai di gente che faceva avanti e indietro da una stazione all'altra, fino a trovare quella giusta. Il vecchio invece pareva che avesse deciso di fermarsi là dentro, di andare da un capolinea all'altro, e viceversa, leggendo la pagina cinque del giornaletto gratuito che teneva tra le mani; e ora che ci faceva caso, la data stampata in cima alle pagine era quella di sette giorni prima, e l'attentato annunciato non c'era stato, e forse il marito dei gemelli colorati era tornato a casa e aveva perdonato sua moglie, oppure l'aveva lanciata anche lui dalla finestra, come aveva fatto il suo vicino di casa davanti agli occhi dei loro figli di tre, quattro e cinque anni. Ce n'era per tutti i gusti, a cercare tra le notizie.

Da un po' di tempo, anche i suoi gusti erano cambiati. Un tweet che aveva letto per caso diceva che il cazzo era la figa del futuro. Nel suo caso specifico, però, sarebbe stato un ritorno al passato: per lui il sesso, il sesso con gli altri, era iniziato in camera di un amico, a quattordici anni, con una masturbazione reciproca, in silenzio, trattenendo il fiato – si sentiva solo la sigla di un programma televisivo che la mamma di quel ragazzino che gli stava stringendo l'uccello tra le mani sudate stava guardando in salotto, due stanze più in là. Erano venuti insieme, dentro un pezzettino di carta igienica che poi si erano messi in tasca dopo averlo appallottolato, e non avevano detto niente. Ma gli era piaciuto. Poi aveva iniziato a scopare donne con grande foga – prove ginniche piene di sudore e gemiti – ma rimaneva, in sottofondo, quel curioso diversivo di un po' di tempo prima che non riusciva a dimenticare. A un certo punto, intorno ai vent'anni, tornato da una vacanza in Spagna, aveva iniziato addirittura a pensare che non gli sarebbe dispiaciuto andare a vivere con quel ragazzo, non come marito e moglie, ma come amici che ogni tanto facevano del sesso insieme. Niente cenette a lume di candela, niente mutande nel cesto della roba sporca – del matrimonio non avrebbe avuto né il romanticismo né la routine casalinga. Solo desiderio allo stato puro. Ogni tanto lo andava a trovare, uscivano a bersi una birra, lui ci provava in tutti i modi ma l'altro fingeva sempre di non capire. Poi non si erano più visti anche se non ricordava un motivo specifico per quel distacco definitivo. Forse erano diventati adulti, e questo era bastato. Qualche volta l'aveva chiamato – ormai facevano quasi cento anni in due – ma non era successo niente: in quelle telefonate, imbarazzate come ai vecchi tempi, l'altro continuava a rinviare la birra che avrebbero dovuto bere insieme per poi andare a esplorare, sognava lui, la zona industriale in cerca di un parcheggio nascosto dove tirarsi giù i pantaloni a vicenda... E poi aveva smesso pure di chiamarlo, da almeno una decina d'anni. Ora, però, a dire il vero, l'idea di farsi fare un pompino da un cinquantenne, che lui immaginava grasso e pelato, una specie di Platinette senza trucco, non lo stuzzicava particolarmente. Sentiva la mancanza della giovinezza, della pelle liscia, di barbe accennate che si strusciano tra loro, di quella specie di innocenza che difficilmente avrebbe potuto ricostruire; per lenire quella mancanza si era scaricato un'app che organizzava incontri casuali. Si chiamava *Destiny*, e girava più o meno su tutte le piattaforme. Aveva letto che l'avevano inventata gli ucraini, ma a lui sembrava che dietro si nascondesse una malizia tipicamente mediterranea. Nel proprio profilo aveva scritto che cercava gente giovane, decente, raggiungibile in metropolitana e di qualsiasi sesso. Le ragazze non lo cercavano, ovviamente; in compenso, l'app pullulava di ragazzini pieni di intraprendenza. All'inizio non aveva capito che il fine ultimo erano i soldi, ma quando lo aveva capito (la prima volta era dovuto scendere in strada a prelevare con il bancomat) non ci era rimasto male: in qualche modo bisognava pur tirare avanti. I prezzi, tra l'altro, erano quasi sempre ragionevoli – libero mercato, la legge della domanda e dell'offerta. L'unica cosa che gli sfuggiva era il meccanismo che l'app usava per combinare gli incontri: era il caso o c'era qualcosa di più sottile, sotto? Non faceva neanche a tempo a rimettere l'uccello nelle mutande che già l'app gli proponeva un nuovo contatto, e ogni volta era un po' meglio. Attraverso successive approssimazioni, lo stavano conducendo all'incontro perfetto, per quanto potesse essere perfetto un incontro con un ragazzo di vent'anni che succhiava cazzi per trenta euro. Presto, forse, avrebbe riprovato l'emozione della prima sega in camera del suo amico, si fidava della tecnologia. Quel giorno l'algoritmo che regolava i suoi incontri, il suo generatore di destino, gli aveva proposto un appuntamento dall'altra parte della città – trenta fermate di metro, che lui aveva percorso in compagnia del vecchio. Gli sarebbero serviti tre giornali diversi per non addormentarsi. La ragazza seduta alla sua destra stava leggendo un libro che non aveva nessuna intenzione di condividere con lui: era solo riuscito a capire che parlava di un ragazzo giapponese convinto di essere il giovane Holden, o qualcosa del genere. Era stato giovane anche lui, e sapeva come giravano le cose, a quei tempi: si è convinti di avere qualcosa di speciale, di unico... Ma è come quando si è ubriachi: la giovinezza era una percezione sbagliata del mondo, un punto di vista solipsistico (gli piaceva, quella parola: da quando aveva capito cosa voleva dire gli pareva che tutti fossero, in qualche modo, solipsistici). Poi, crescendo, arrivava il momento in cui nella lotta con il mondo si sceglieva di stare dalla parte del mondo. Una questione di pragmatismo, di buon senso. E poco dopo avrebbe dovuto ammettere che il ragazzo che lo aveva accolto a casa sua, quello che *Destiny* gli aveva proposto per quel tardo pomeriggio, di pragmatismo ne aveva parecchio.

Con il prepuzio ancora incollato alle mutande, aveva ripreso la metropolitana nel senso inverso. Gli sarebbe piaciuto tornare a casa e farsi una bella dormita, anche se erano solo le sette, ma aveva il sospetto che i due tizi che lo avevano rincorso fossero ancora dalle sue parti. Scese a metà strada, sotto il centro, una fermata a caso. La città era piena di lucette; in mezzo a una piazza avevano già messo un albero di Natale alto venti metri, interamente ricoperto da palline colorate. C'era qualcosa di commovente in quella lotta contro il buio dell'inverno che stava avanzando – qualcosa di primitivo.

Per il freddo, si buttò in un bar.

"Un caffè, grazie."

Il barista aveva baffi folti e neri e un accento pugliese. In un tavolino due uomini parlavano della guerra – della guerra in generale.

"Corrobora i popoli."

"Rafforza lo spirito di sacrificio."

"Fa pulizia."

E via dicendo. Non avevano l'aria di quelli che sarebbero sopravvissuti a un attacco nucleare: bevevano crema al whisky, e avevano una pancia che non sarebbe stato semplice riempire, in tempi difficili. Vicino a loro si era seduta una donna magra che era appena uscita dalla toilette in fondo al bar – una tipa sui quarant'anni, con i capelli sottili, la faccia smunta, un accenno di strabismo. Leggeva qualcosa sul telefono, e non aveva l'aria felice. Si sedette accanto a lei e da quella distanza sembrava ancora più triste. C'era dell'altro – una rabbia pronta a tracimare e, sotto, un freddo polare: a guardarla, pareva che qualcuno avesse aperto la porta dell'Antartide.

"Lasciala perdere, non risponde a nessuno." Il barista gli parlava guardandolo nel riflesso dello specchio, mentre lavava le tazzine. "Viene qua tutti i giorni, sta mezz'ora e poi va via." Parlava come se la donna non fosse lì ad ascoltarli. Bisognava rassegnarsi al fatto che esistevano tristezze impenetrabili.

Provò ad attaccare bottone con i due guerrafondai. "In

Ucraina cercano volontari, pagano bene, ci sto facendo un pensierino."

"Da che parte?" chiese uno dei ciccioni.

"Sì, da che lato del conflitto andrebbe?" chiese l'altro per non essere da meno.

Fecero un po' di conversazione. Il barista, intanto, aveva iniziato a rovesciare le sedie sui tavoli e a tirare su le cartacce che si erano accumulate per terra, mentre una signora, probabilmente sua moglie, ricopriva i panini avanzati con il cellophane.

Dopo cinque minuti di chiacchiere, si alzò, tese una mano ai due signori e disse: "È stato un piacere conoscervi". Quindi andò al cesso.

Se, come sosteneva qualcuno, una civiltà la si riconosce dai bagni, quel bar trascinava l'Occidente al livello del Burkina Faso. Gli sciacquoni non funzionavano. Le salviette per asciugarsi le mani erano finite, e in ogni caso non usciva acqua, dal lavandino. Lo specchio era ricoperto di numeri di telefono accompagnati da sigle e acronimi che lui provò a decifrare senza successo. Uscì dal bagno, andò alla cassa, pagò, fece l'occhiolino alla donna triste, salutò con un cenno della mano i due ciccioni e tornò in strada. L'aria era già satura dell'odore delle caldaie dei condomini, che da qualche giorno avevano iniziato a bruciare gasolio. Gli piaceva, l'autunno, aveva qualcosa di romantico, gli ricordava l'infanzia – un'infanzia inventata, fatta di tè caldo con i biscotti, torte appena sfornate, suo padre che salutava sua madre rientrando a casa... I soliti luoghi comuni di cui, con il tempo, ci si riempie la testa per avere una specie di passato a cui ritornare quando si ha voglia di un po' di tenerezza. Si tirò su la cerniera del giubbotto, si infilò un berretto di lana in testa e con le mani in tasca si diresse verso la metro, fischiettando.

3.

La mattina dopo si svegliò con la bocca piena di sangue: un molare gli si era rotto a metà. Doveva smetterla di digrignare i denti, nei sogni. Andò in bagno, prese una pinza da un cassetto vicino al lavandino, si staccò il pezzo che era rimasto attaccato e si sciacquò con un po' di collutorio. Nello specchio c'era una faccia tremenda. La sera prima era rimasto a casa, con lo smartphone in una mano e l'uccello nell'altra. Gli piaceva scorrere la timeline di Twitter che, a differenza di Facebook, non applicava alcun tipo di censura: il porno, quello vero, ormai era fatto di cinguettii. Seguiva attrici porno che quando si svegliavano, la mattina, invece di fotografare il gatto, o l'alba, o una tazza di latte con una fetta biscottata ricoperta di marmellata, si mettevano davanti allo specchio con le gambe aperte e si facevano un selfie: ecco, quella specie di confidenza che si creava, quell'atmosfera da dietro le quinte, era l'ultima frontiera del sesso su Internet – la *porno intimità*. Seguiva anche diversi travestiti, soprattutto quelli inverosimili, con i reggiseni imbottiti, la parrucca, le mutandine aperte sul davanti, le scarpe alte venti centimetri, e uno sguardo da Lolita. Ogni tanto postava anche lui cose che trovava in giro, e poi taggava ragazzi romani, gay pugliesi, siti porno di New York, e ogni tanto anche Eva Lovia, un'attrice di cui era segretamente innamorato. La Lovia faceva parte di un movimento che puntava a una rivalutazione del cespuglietto, il *bush*, e lo status del suo profilo era *The next door girl*, la ragazza della porta accanto. Lui, a dire il vero, non aveva mai visto una donna come quella, dalle sue parti. Neanche la signora che il vicino aveva lanciato fuori dalla finestra era un granché: è vero, una volta che erano in ascensore ci aveva provato con lei, ma più per educazione che per interesse: aveva troppi figli, quella donna, e a lui non andava di rovinare una famiglia, anche se poi ci aveva pensato il marito a distruggerla. Da come aveva reagito quella volta in ascensore, quando le aveva infilato una mano sotto la gonna mentre lei teneva un figlio piccolo in braccio e un sacchetto della spesa nell'altro, non sembrava tipa da tradimento: con la sua spossatezza avrebbe scoraggiato chiunque. "Scusi, davvero, non ce la faccio," gli aveva detto sospirando. Gli faceva impressione pensare che ora era morta. Aveva un paio di mutandoni corazzati, e una panciera che tratteneva il ventre sformato da tre parti ravvicinati... Ecco, quella era la sua ragazza della porta accanto: non Eva Lovia. Aveva anche chattato un po' con il ragazzo che aveva incontrato quel pomeriggio – sembrava un tipo in gamba, sveglio. Era su *Destiny* per pagarsi gli studi (quel tipo di dettaglio che viene accuratamente rimosso dalle biografie dei grandi uomini una volta che diventano famosi).

"E tuo padre? Non ce l'hai un padre che ti può dare una mano?"

"Se ne è andato un sacco di anni fa. Se ne è andato nel senso che è morto. Tu hai dei figli?"

"No. Non sono il tipo. Sono un cultore della libertà. Tu vorresti avere dei figli?"

"Prima o poi… Ma cosa te ne fai della libertà? Ti rende davvero felice?"

Appunto: cosa se ne faceva della libertà? Era una domanda che ogni tanto qualcuno gli poneva. La maggior parte delle persone non riusciva neppure a concepire l'assenza di vincoli: l'insostenibile leggerezza dell'essere faceva paura.

"Ciao, devo andare." Proprio non voleva spiegare il tipo di vita che si era trovato a dover gestire, e si era ributtato sulla timeline di Twitter, incaponendosi su una serie infinita di selfie di donne sconosciute che qualcuno si era preso la briga di raccattare in rete. Un attimo prima di venire si era spostato sul profilo di Eva Lovia. Poi il sonno, e sogni da far digrignare i denti, e la mattina il risveglio con un molare rotto.

Fece colazione davanti al televisore. Quel giorno parlavano del caso di un bambino che i genitori si contendevano a colpi di minacce, rapimenti e attentati dinamitardi. Dapprima si schierò con il padre, un bosniaco inseguito da anni dalla polizia internazionale, poi con la madre, una sarda scappata da una faida familiare che andava avanti da secoli, e infine con il bambino che, a suo parere, aveva la fortuna di sperimentare già in tenera età la terribile forza dell'amore: per lui prevedeva un futuro da amministratore delegato di una multinazionale, un indomabile adulto tutto unghie e denti. Cambiò canale. Su una rete minore c'era una trasmissione su una famiglia sudafricana che aveva deciso di salvare un rinoceronte impallinato da cacciatori poco esperti. Una donna, neanche brutta, cercava di tirare fuori dal culo di quel bestione grande come un SUV un centinaio di pallini, con una pinzetta: le ballonzolavano le tette, mentre era tutta concentrata nella sua opera di salvezza. Il marito, intanto, tentava di tenere a bada l'irruenza del corno che minacciava seriamente di uccidere tutti. Qualche giorno prima, sempre su quel canale, aveva visto una signora che, in Oklahoma, o nel Nebraska, o in Nord Dakota, insomma, in uno stato inutile degli Stati Uniti, aveva portato il suo furetto dal dottore per un trapianto di cuore. Nello studio c'era anche uno psicologo per animali che valutava l'impatto di quell'intervento sulla salute psichica di quel curioso mustelide. A metà intervento la donna era svenuta ed era arrivata un'ambulanza, e poi avevano intervistato il veterinario, i barellieri, il marito. Alla fine, comunque, era andato tutto bene, anche se non avevano mostrato il furetto. Per la privacy, avevano detto, ma lui sospettava che fosse morto.

Dalla terrazza di casa diede un'occhiata per capire se i tizi che l'avevano seguito lo stavano aspettando là sotto. Prima o poi avrebbe dovuto trovare il coraggio di scambiare due parole con loro – magari, come succedeva in certi ottimistici film americani degli anni trenta, sarebbe riuscito a convincerli a lasciarlo stare, o a prendersela con qualcun altro. Non c'erano. Avevano mollato l'osso, o non sapevano dove abitava, o si muovevano solo dopo che era sceso il buio. Sulle scale incrociò una coppia che si baciava su un pianerottolo, un uomo del quarto piano e una donna del settimo, entrambi sulla sessantina, entrambi sposati. "Fate con comodo," aveva detto loro. Era bello che nascessero quegli amori condominiali in una stagione triste come l'autunno.

Fuori, in strada, i turchi avevano iniziato ad arrostire i loro kebab monumentali, e tutti erano già impegnati nelle interminabili lotte per i parcheggi, le precedenze, i diritti dei pedoni sulle strisce. Il vecchio fruttivendolo all'angolo – l'unico negozio sopravvissuto all'invasione dei supermercati – stava scaricando un bancale di mandarini, mentre la fruttivendola, sua moglie da quarant'anni, scriveva i cartelli con i prezzi della verdura: *Super Sconti* anche quella mattina. Sbirciando dentro alla vetrina di un bar vide due cinesi davanti alle slot machine, e una vecchia che faceva a metà della sua brioche con un cagnolino cieco, un botolo con gli occhi bianchi. C'era anche una donna capitata là per sbaglio che chiedeva qualcosa ai baristi: si era persa? Entrò a prendere un caffè; quando la donna uscì provò a seguirla ma c'era una

Mercedes, proprio là davanti, che l'aspettava in seconda fila. Nella lotta tra capitale e proletariato, vinceva sempre il capitale: missione fallita. Pestò anche una merda, inciampò in un mattone, la macchinetta dei biglietti gli rubò un euro e la metro era così piena che dovette aspettare quella dopo. Quando finalmente riuscì a salire, nel vagone rivide la donna triste del giorno prima, quella che aveva incontrato al bar. La metropolitana passava il tempo a organizzare coincidenze. La salutò con un cenno della mano, ma quella non rispose. Se non fosse stato in ritardo, l'avrebbe seguita, giusto per capire che razza di vita avesse una con una faccia così... Intanto il dente rotto aveva iniziato a martellargli la mandibola – deng, deng, deng. Non ce l'aveva contro l'evoluzione della specie: tra le altre cose, era riuscita a inventare l'occhio, la regolazione della concentrazione del glucosio nel sangue (per comprendere il modello matematico che ci stava dietro serviva una laurea in ingegneria) e altre mille incredibili diavolerie. Aveva però fallito in tre campi: riproduzione, capelli e denti. Il sesso creava disastri: i testicoli sempre in fiamme, i succhi, le erezioni, le mancate erezioni e le mancate secrezioni, e soprattutto la presenza così ingombrante dell'amore, erano la risposta complicatissima a un problema semplice, quello di perpetuare la specie. Poi: i capelli cadevano e non c'era nessun motivo perché lo facessero, nessun motivo *sensato*. I pelati non avevano alcun vantaggio competitivo. Anzi, facevano molta più fatica a riprodursi. Le donne non li volevano, e il loro rifiuto era comprensibile: anche lui si sarebbe rifiutato di scopare una signora con il riporto. Era una questione di estetica, di semplice buon gusto. E infine c'erano i denti, la prova che non esisteva un progetto intelligente dietro la creazione dell'uomo. L'unità di misura del loro dolore era il megatone. Se Darwin avesse avuto ragione, ragione fino in fondo, in bocca avrebbe dovuto esserci una tagliola in titanio, e non quegli ossi traballanti che continuavano a creparsi, marcire, sbriciolarsi, e a dare il tormento per tutta la vita.

Ma anche se ora il molare rotto gli martellava la mandibola, lui era grato ai denti, e alla loro caducità, alla loro intrinseca vulnerabilità. Ci viveva, su quelle disgrazie. Quando arrivò davanti al suo studio c'era già una fila di pazienti ad aspettarlo davanti alla porta – una fila piena di dolore, speranza e soldi. Li fece accomodare nella sala d'aspetto, lanciò sul tavolino un giornale che aveva fregato al bar e chiese chi era il primo. Solita discussione, soliti insulti. Vinse una donna enorme, centoventi chili, nera. La sua clientela si era selezionata con il tempo: solo extracomunitari, per lo più senza permesso di soggiorno, con situazioni ortodontiche disperate. Di fatto, passava la giornata a cavare denti. Si faceva pagare in contanti, sull'unghia, prima di iniziare l'estrazione, fintanto che il suo potere contrattuale era ancora alto: una volta che il dolore era finito, finiva anche tutto il resto – il rispetto, la reverenza, quegli sguardi che imploravano salvezza.

Alla fine della giornata aveva un sacchetto di denti da gettare nell'immondizia, chili di garze imbevute di sangue e qualche bel ricordo. La maggior parte dei suoi pazienti apriva la bocca su una specie di inferno; ogni tanto, però, c'erano delle ragazzine con i dentini ancora tutti a posto, e una linguetta rosa, lucida come una fragola, e delle ugole che ti scioglievano il cuore dalla tenerezza. A lui piaceva curiosare là dentro, in quel tepore umido e caldo, passare un pollice sulle loro labbra, aspirare la loro saliva limpida, infilare il medio in quelle piccole fauci a tastare il dondolio di un premolare, osservando, là sotto, il movimento regolare delle loro tettine che accompagnava l'inspirazione e l'espirazione.

Sistemò la donna enorme sulla poltrona traballante, le puntò la lampada sugli occhi e le chiese di aprire la sua caverna. Aveva fatto entrare anche suo figlio, nella sala delle torture, un bambino ancora più scuro della madre, con il muso imbronciato.

"Come ti chiami, bel bambino?"

Non rispose. Sembrava offeso. Iniziò l'esplorazione della bocca della madre. Non si sarebbe stupito di trovarci del muschio, là dentro, o dei molluschi, o una piovra intera, ancora viva.

"Qual è il problema? Cosa ti fa male?"

La donna si infilò una mano in bocca e indicò qualcosa in basso, a destra, in fondo – forse un dente del giudizio. Lui le tirò fuori la mano e con un martelletto diede un colpo a un molare a caso: "Questo?".

Lei cacciò un urlo.

"Ok, è questo. Va tolto. È completamente marcio, e non ti serve a niente. Capito?" Si rivolse al bambino: "Puoi spiegare a tua madre che le devo togliere un dente?".

"Non è mia mamma."

"Va bene. Puoi spiegare a questa signora seduta qui sopra – cos'è? tua zia? tua nonna? il tuo orso domestico? – che ora le farò una puntura per addormentarle la bocca, e poi con una pinza tiro fuori il coso che le fa male? E che prima mi deve pagare?"

Il bambino annuì e, controvoglia, iniziò a dire qualcosa alla donna. Era terrorizzata. Succedeva sempre: lasciavano marcire i denti, e poi volevano guarire senza versare neanche una lacrima. Non funzionava così. È vero, un dentista più scrupoloso, un dentista vero, le avrebbe fatto una radiografia, e poi avrebbe fissato un altro appuntamento chissà quando, e, forse, avrebbe proposto un impianto, una capsula, un ponte. Nel mondo perfetto, le cose sarebbero andate più o meno in questo modo. Anzi, in un mondo perfetto, non ci sarebbero stati nemmeno i denti. Ma quelli che arrivavano da lui attraverso il potere del passaparola chiedevano solo due cose: smettere di soffrire e pagare poco. E lui li accontentava su tutti i fronti. Qualsiasi intervento costava trenta euro; e qualsiasi intervento era un'estrazione. D'altra parte, nei pochi mesi in cui era stato assistente del dentista che un tempo esercitava in quello studio, non aveva avuto modo di vedere proprio tutto... Allora si occupava soprattutto delle pulizie. Poi il dottore era andato in Brasile, in vacanza, e gli aveva lasciato le chiavi; quando il tizio era morto, là in Sudamerica – pic-nic, fulmine, come in un libro di Nabokov –, lui si era trovato a dover gestire l'attività da solo. Aveva rimosso la targa all'entrata, ma aveva lasciato il nome del dottore sul campanello: per i suoi pazienti lui era Michele Cozzolino, medico odontoiatra. La vecchia clientela lo aveva mollato subito, ma presto si era fatto sotto un altro genere di umanità.

Abbondò con l'anestesia, per essere sicuro di non avere problemi: la donna era praticamente tramortita. Le divaricò la bocca come se fosse in una sala parto, e iniziò a scalpellare. Sapeva, per sentito dire, che le estrazioni dei denti del giudizio della mandibola inferiore presentavano parecchi rischi: frattura dell'osso, lesione di terminazioni nervose, emorragie. Il metodo che aveva scelto, in questi casi, puntava più allo sbriciolamento che a un'estrazione vera e propria. Triturava quegli inutili bestioni fino a ridurli in poltiglia. Per il dente della donna, che era enorme, impiegò quasi un quarto d'ora, sotto la supervisione inorridita del bambino. Ogni tanto quella cacciava un lamento senza forze, e strabuzzava gli occhi, e si dimenava nonostante fosse praticamente in coma. Le africane avevano quella tendenza a non stare mai ferme, nemmeno quando dormivano. Alla fine le lavò la bocca con una specie di pompa di sua invenzione, e la rianimò a sberle. La donna si alzò traballante ma felice. Al bambino, prima che uscisse dalla stanza, disse: "E tu ricordati di lavarti i denti, se non vuoi fare la fine di tua... tua cosa?".

"Sorella," gli rispose quel nanetto con la faccia ancora

imbronciata. Gli alberi genealogici di quelle famiglie non finivano mai di stupirlo.

Passò il resto della mattina a togliere denti a romeni, ucraini, nigeriani, moldavi, una coppia di gemelli vietnamiti, una famiglia intera di cinesi (un dentino ciascuno), un barbone italiano accompagnato da una suora filippina (alla quale diede una controllatina gratis, per il gusto del proibito), un russo ubriaco, un gigante della Sierra Leone, una tettona bulgara. A pranzo mangiò un'insalatina; riprese al pomeriggio. Alle cinque era esausto, ma la sala d'aspetto continuava a ripopolarsi. Una famiglia di polacchi si era portata dietro delle salsicce; i russi, una bottiglia di vodka. Alle sette buttò fuori tutti – non aveva più la forza di tirare altre martellate. "Tornate domani." Una donna con una fronte squadrata e caucasica riuscì a convincerlo a dare un'occhiata a sua figlia, una ragazzina con gli occhi azzurri e le sopracciglia sottili: mentre osservava le tonsille rosa in fondo alla gola, vide, riflesso nel minuscolo specchietto infilato nella bocca, che la madre, in piedi dietro di lui, stava usando *Destiny.* Il mondo era meraviglioso, nella sua imprevedibilità. Alla ragazzina non tolse nulla; alla donna lasciò un biglietto da visita che si era stampato in stazione per rimorchiare, dicendole che poteva chiamarlo anche fuori dall'orario di lavoro, nel caso avesse avuto bisogno... Si erano capiti, insomma. Poi, finalmente, chiuse lo studio e uscì. Fuori l'aria era diventata gelida: il vento faceva volare cartacce, scontrini, foglie, sacchetti. Si infilò in un bar a bersi un amaro. Sfogliò le proposte del giorno di *Destiny* – un ventenne uguale a Fedez, un diciottenne pieno di orecchini, un trentenne molto solo. Gli venne un po' di tristezza. Nonostante diversi tentativi, e nonostante l'innegabile bellezza degli ultimi incontri, era sul punto di ammettere che l'incanto della sua adolescenza non si sarebbe mai ricreato. Non gli piacevano gli uomini, non in generale, di questo era abbastanza certo. Perché le donne che usavano *Destiny* non lo cercavano? Perché *Destiny* non gli regalava una serata decente, con una donna decente, una scopata decente, in un letto decente? Casa sua si era trasformata in una topaia. Con il tempo, aveva capito che certe cose si potevano salvare solo esercitando un controllo costante e scrupoloso. La muffa si era mangiata i muri e l'odore nauseabondo di cose morte – avanzi di cene, biancheria dimenticata in qualche angolo, le impronte dei suoi piedi che non lavava mai – si era infilato in ogni singola molecola del suo appartamento. Se lo ricordava il bianco delle lenzuola, quando le aveva portate con sé, anni prima: si ricordava il profumo del bucato, la consistenza morbida della loro trama... Bei tempi. Adesso a casa sua non avrebbe fatto dormire nessuno. Un'ora dopo, però, dovette ricredersi.

4.

Prima o poi, tutti finiscono per comprarsi uno smartphone. Marta si era opposta per molto tempo; prima per principio, poi per il timore di non riuscire a usarlo. Alla fine sua figlia Elisa l'aveva convinta. Scelse uno dei modelli più economici, e imparò a telefonare, a inviare i messaggi, a cercare quello che le interessava su Wikipedia; poi a scattare le foto, e quando ne ebbe accumulate un po' sentì il bisogno di condividerle con qualcuno: si installò WhatsApp, resistette a Facebook (le faceva paura) ma cedette a Twitter, che apprezzava per la gentilezza dei suoi iscritti: ogni mattina decine e decine di "buongiorno a tutti", e ogni sera decine e decine di "buonanotte a tutti". C'era uno spirito che nel mondo reale era andato perduto. Nel giro di due mesi sviluppò una naturale forma di dipendenza dal suo nuovo telefono – il primo pensiero appena svegliata, l'ultimo prima di andare a dormire: gli occhi che si chiudevano di fronte a quel lumino cercavano ancora una frase che dicesse che, nonostante tutto, la vita era bella.

Grazie a WhatsApp riprese il contatto con alcune vecchie amiche che credeva di aver perduto. Come lei, anche loro si erano spostate dai campi alla città. Enrica, una compagna di classe delle elementari che ogni tanto aveva incrociato al supermercato e che non aveva mai salutato per timore di non essere riconosciuta, l'aveva inserita nel gruppo

"Beata infanzia", la cui immagine del profilo era una foto in bianco e nero scattata nel 1977, a scuola. Scoprì così che Federica, la più ricciola, la più bionda della classe, aveva sposato un sergente dell'esercito americano e ora viveva in Pennsylvania; che Annamaria era ospite di una specie di ospizio per donne abbandonate (nel caso specifico, abbandonata dai genitori, che il giorno del suo trentacinquesimo compleanno l'avevano buttata fuori di casa); che Eleonora girava l'Europa in camper ed Elisabetta, compagna di banco, gestiva una gelateria dalle parti di Gorgonzola. Poi c'erano Daria, Tizy, Nico, Gemma, Lucy, Sandra, e altri nomi che non le dicevano niente. Passavano le serate a mandarsi foto di gatti, di figli, di torte, e intanto si confidavano i retroscena dei loro matrimoni falliti – le separazioni, i divorzi, perfino i tradimenti; condividevano ricette per la Dukan, ricette per attivare il super metabolismo, le dieci regole della dieta primordiale (tutta frutta e carne cruda), ricette vegane, ma nonostante questo instancabile scambio di informazioni pareva che nessuna riuscisse a dimagrire – c'era sempre qualcosa o qualcuno che faceva saltare i buoni propositi. Ogni tanto si mandavano battute che trovavano in rete, e spesso partecipavano a catene di sant'Antonio contro stupratori, pedofili, migranti e uomini che maltrattavano i loro cani. Guardando le vite delle sue vecchie amiche, confrontandole con le aspirazioni che avevano condiviso tanto tempo prima in molti discorsi, con i sogni che avevano disegnato minuziosamente per anni e anni sui loro diari, le sembrava che le cose non fossero andate molto bene, né dal punto di vista sentimentale né da quello economico. I principi azzurri che avevano immaginato da bambine non si erano mai presentati: al loro posto impiegati annoiati, pavide comparse, nani morali e, nei casi più sfortunati, orchi. I soldi erano un problema più o meno per tutte, ma nessuna pareva interessata a formulare una teoria sulle ragioni di quel fallimento – sembravano convinte che la precarietà, i mutui interminabili, le telefonate dalla banca fossero l'espressione più genuina del loro tempo, qualcosa che prescindeva dalle loro scelte. Se qualcosa era andato storto non potevano farci niente perché non c'erano mai state alternative: il mercato del lavoro, che vent'anni prima aveva favorito quelli con esperienza, ora premiava i giovani freschi di diploma; gli uomini, intesi come maschi, erano inaffidabili di natura; i politici rubavano; le banche rubavano; le diete non funzionavano; la tiroide era impazzita e loro erano diventate grasse.

Nonostante la cronica carenza di soldi, organizzarono comunque una cena in pizzeria. Si incontrarono nel parcheggio sempre aperto di un centro commerciale. Marta arrivò con un quarto d'ora di anticipo, per evitare di dover sostenere lo sguardo delle sue amiche mentre si avviava verso di loro. Da anni si ripeteva che doveva trovare la forza per dimagrire: la fregavano i dolci, che mangiava tra mille sensi di colpa, e la pasta, alla quale non sapeva rinunciare. Sebbene dedicasse una certa cura al suo corpo – bagni caldi con sali comprati al Lidl, creme Nivea, le figlie che ogni tanto le massaggiavano i piedi – si vergognava di se stessa. Non si spogliava davanti a un uomo da otto anni, e l'ultima volta che lo aveva fatto aveva concepito Lucia, la sua seconda e ultima figlia. A volte le capitava di sorprendere il proprio profilo riflesso in una vetrina, o in uno specchio della casa: era così diverso da come sentiva di essere... Con gli anni il suo corpo e lei avevano preso direzioni indipendenti; del primo conservava un ricordo che si era cristallizzato intorno ai venticinque anni, quando era ancora magra, e il seno era compatto, e il sedere tutto sommato tornito. Mentre faceva il bagno e insaponava le braccia, si sorprendeva ogni volta per lo stato della sua pelle che, vista da vicino, presentava un reticolo sottile di cellule consumate. Le amiche la riabbracciarono con calore (loro si erano già viste in una cena simile a quella, l'anno prima: avevano già avuto modo di constatare gli effetti del tempo sulle bambine di una volta, e di assuefarsi), e le dissero che era bellissima, che sembrava che per lei gli anni non erano passati; lo dissero anche a Eleonora, che pesava almeno cento chili e aveva una gamba di legno. A sorpresa, Daria aveva portato un uomo, Dario: "È il mio nuovo fidanzato, nonché mio ex marito," disse presentandolo alle altre, nell'imbarazzo generale.

In pizzeria si sedette in mezzo ai due fidanzati, che, subito dopo aver ordinato la stessa pizza ("Non è incredibile, questa coincidenza?" aveva detto lui con gli occhi spalancati dall'emozione), vollero raccontarle la meravigliosa storia del loro nuovo amore.

"Due mesi fa," iniziò Daria, "mi sono installata un'app per trovare l'anima gemella."

"L'avevo installata anch'io," continuò Dario, "per curiosità. Tra le opzioni, c'è anche quella di chiedere un blind date. Ho provato."

"L'ho fatto anch'io, lo stesso giorno."

"Cos'è un blind date?" chiese Marta.

"Un appuntamento al buio. Nessun contatto preliminare. Vai e vedi. Una funzione che hanno aggiunto da poco."

"Mi sono presentato in orario."

"Io sono arrivata in ritardo, come sempre."

"Quando l'ho vista arrivare, ho pensato che ci fosse uno sbaglio."

"Io ho pensato che lui fosse in quel bar per caso. Ho pensato: ma guarda un po', proprio oggi doveva venire qua?"

Dario rideva mentre Daria raccontava l'episodio fondante della loro nuova vita.

"Ma poi abbiamo capito che era stata *Destiny* a farci incontrare."

"*Destiny* è l'app per trovare l'anima gemella."

"Se fra tanti milioni di combinazioni aveva organizzato

proprio quell'appuntamento, doveva esserci un motivo. Ha un algoritmo sofisticatissimo, che incrocia migliaia di dati. L'hanno creato dei matematici ungheresi. Ci siamo fidati." Da un po' di anni la gente parlava di sistemi operativi, bande del segnale e algoritmi come i suoi nonni parlavano del meteo, di politica, della volontà del Signore.

"Siamo andati a mangiare una pizza."

"Poi lui mi ha portata a prendere un gelato." Ogni tanto smettevano di parlare e incrociavano i loro sguardi sorridendo; Marta allora ne approfittava per osservare le altre amiche, tutte impegnate a mostrarsi foto sul telefono.

Ripresero. "Abbiamo passeggiato per tutta la sera."

"Ci siamo raccontati le nostre vite, e abbiamo scoperto di aver fatto un sacco di cose in comune."

"Rafting tutti e due."

"Un corso di canto."

"Pilates."

"Gli stessi viaggi: Singapore, il Canada, la Bolivia, anche se in un ordine diverso."

"Abbiamo dormito nello stesso albergo, a distanza di un anno."

"Nella stessa camera! Ti rendi conto? Era la 202. E noi ci eravamo sposati il 20 febbraio. Venti del due. Duecentodue."

"Alla fine mi ha chiesto se volevo salire da lui a bere qualcosa. Sono salita, e non sono più scesa."

"Abbiamo fatto l'amore per due ore consecutive." Daria gli lanciò un'occhiata di fuoco, come per zittirlo, ma rideva.

"Dovevamo recuperare il tempo perduto."

"Oggi festeggiamo il nostro secondo *mesiversario.*"

"Siamo stati sposati per tre mesi, la prima volta. Non eravamo pronti."

"Ora abbiamo tutta la vita davanti."

"E tu?"

"Tu in che senso?" disse Marta.

"Non so, in generale. Sei sposata?"

"Lo sono stata, sì. Ho avuto una figlia, poi ci siamo separati, è tornato, ne abbiamo avuto un'altra. Ma non ha funzionato. Non ha funzionato mai, a dire il vero. Lui non era fatto per le cose serie. Io speravo più che altro in un padre per le ragazze, me lo sarei fatto bastare. Ma non c'è stato verso, il matrimonio non era nel suo DNA."

Dario e Daria si erano fatti più seri, come se la storia che lei stava raccontando potesse nascondere dei presagi per la loro relazione, indizi che non avevano il coraggio di prendere in considerazione. Lui chiese timidamente se lo vedesse ancora.

"No. Non lo sento da un sacco di tempo. Non ho il suo numero di telefono, non so dove abita, non so neanche se è vivo. Da giovane era molto in gamba ma poi gli deve essere successo qualcosa, un incidente o una brutta esperienza, non so bene perché non ha mai voluto parlarmene, era una cosa che mi aveva accennato sua madre poco prima di morire. Era disinteressato a essere una brava persona, in modo quasi sistematico: non era cattivo, ma era come se per lui il mondo non esistesse. Anche il tempo per lui non aveva senso. Non l'ho mai sentito parlare di un progetto per il futuro. Ma non voglio rattristarvi. Volete vedere le foto delle mie figlie? La grande si chiama Elisa, la piccola Lucia. Sono due ragazze bravissime."

Con l'arrivo delle birre, e poi delle pizze, la serata iniziò ad animarsi. Ricordarono le feste, dove giocavano a nascondino e a mosca cieca, e la loro maestra, morta da qualche anno in solitudine, e i bidelli grassi e brutti, e i compagni di classe – ognuna confessò innamoramenti tenuti segreti per quasi quarant'anni. Si scambiarono ricette, e si consigliarono parrucchieri bravi ed economici; poi tornarono a parlare dei loro mariti; alcune, mezzo ubriache, ridevano e davano gomitate alle vicine; altre, invece, si erano rabbuiate, perché c'erano divorzi alle spalle o divorzi in corso, o minacce di separazione e figli in ballo, case da vendere, macchine perdute... I giudici continuavano a preferire le madri, in quelle interminabili guerre intestine, ma spesso c'era così poco da dividere che non rimaneva niente a nessuno. Il matrimonio era diventato una questione economica: finito l'amore, restavano i mutui. Per questo, talvolta si stava insieme anche nella cattiva sorte, per avere qualcosa da mangiare, per non morire di freddo. Lei, invece, che era stata abbandonata due volte, e che quando era sposata doveva badare anche al marito, e pagare per i suoi errori – pagare in contanti i suoi instancabili debitori – aveva dovuto imparare presto a mantenere la sua piccola famiglia. In borsetta teneva una calcolatrice che usava per valutare l'impatto di ogni singola spesa sul budget mensile. Non beveva un caffè al bar da quindici anni. Aveva imparato a cucire, a rammendare, a riparare i mobili mangiati dai tarli, a scartavetrare i muri, a stuccare, a imbiancare, a trapanare, avvitare, segare, a tagliare i capelli; faceva la pizza in casa, il pane in casa, il sapone in casa, e coltivava basilico e pomodoro sul balcone, a Milano, dove era difficile far crescere perfino l'erba. Non aveva nessun particolare talento – i primi maglioni erano sformati, le lumache le mangiavano tutto quello che cercava di far crescere, qualche volta il sapone puzzava di fogna – ma la disperazione e l'amore, connubio sempre fertile, avevano tirato fuori il meglio da lei. Ora le figlie non avevano più motivo di vergognarsi nell'uscire con i vestiti che lei realizzava con i cartamodelli di "Burda"; e la casa, un appartamento di sessanta metri quadrati al settimo piano di un condominio verdastro dalle parti di Corsico, aveva un decoro e una dignità che costituivano un discreto motivo di orgoglio. Nonostante le difficoltà oggettive, era riuscita a resistere, e lo sforzo che aveva dovuto compiere, che continuava a compiere tutti i giorni, era forse la cosa che più di ogni altra la definiva.

La cena continuò per un'altra ora, fra altre birre, sorbetti al limone, caffè e dolcificanti a zero calorie, vasche di tiramisù, pause fumo, telefonate ai figli che aspettavano a casa, interminabili sessioni di WhatsApp, foto di gruppo, foto con le migliori amiche, selfie orribilmente realistici in cui nessuna si riconosceva e selfie fortunati e disonesti immediatamente postati su Facebook, uno scambio di battute con un gruppo di uomini impegnati in un addio al celibato qualche tavolo più in là, e ancora dolci, limoncelli, amaretti di Saronno, bicchierini di Baileys, e infine il conto, un foglio ipercalorico lungo due metri: venticinque euro a testa. Le rotelline delle calcolatrici mentali, allenate da migliaia di pomeriggi passati nei supermercati a fare conti, si misero subito in moto con un riflesso condizionato: erano 19 litri di latte al Lidl, o 22 etti di prosciutto cotto in offerta all'Interspar, o 29 pacchi di pasta Barilla all'Esselunga... Pranzi, e cene, e colazioni per settimane bruciati in una sera; e, in cambio, chili da smaltire.

Mentre si salutavano nel parcheggio davanti al locale, piangendo, e ridendo, e spergiurando che si sarebbero viste prestissimo (nonostante non ce ne fosse una che non si sentisse prostrata da quello sforzo enogastronomico, ferita da quella batosta monetaria, e soprattutto sfiancata dall'impresa epica di negare l'evidenza del fallimento della loro generazione, o almeno di quella rappresentanza grassa e stanca), durante quegli abbracci tra pellicce sintetiche e imitazioni di Woolrich, in mezzo ai baci con il trucco che colava per le lacrime, accerchiata da sorrisi pieni di rucola e avanzi di funghi, Marta ebbe l'impressione di essere dentro a una camera con le pareti a specchio, dove la sua immagine veniva riflessa e replicata in tutte le direzioni. Non aveva mai osservato la propria vita con tanta dolorosa chiarezza.

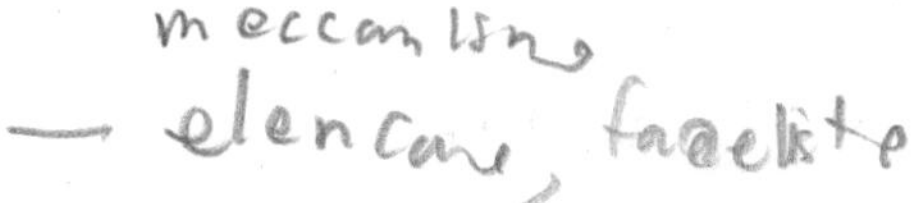

A casa non volle piangere – temeva che se avesse iniziato non si sarebbe fermata fino al giorno dopo, e ogni volta le veniva un mal di testa tremendo. Parlò un po' con Elisa, che stava trafficando con il computer, e diede un bacino sulla testa di Lucia, che si era addormentata con un libro vicino al viso, *L'isola del tesoro* di Stevenson – aveva otto anni, ma il suo cervello ne dimostrava venti; e nonostante tutta quell'intelligenza, che la maestra riteneva talmente prodigiosa da risultare inquietante, era una bambina felice, di una felicità cristallina, eterea, impossibile da scalfire.

In bagno si tolse i vestiti che odoravano di pizza e si diede una lavata veloce; in camera indossò il pigiama, si infilò sotto le coperte e le sembrò di entrare in un pezzo di ghiaccio con la pelle nuda: era una cosa che amava, perché le ricordava l'infanzia, quando esplorava con i piedi le zone più fredde del letto, fino a raggiungere il punto in cui le lenzuola si infilavano sotto il materasso.

Era grande, il suo letto: vasto, gelido e vuoto. Suo marito, quando viveva con lei, aveva il vizio di rotolarsi da una parte all'altra per tutta la notte, digrignando i denti con un rumore di tritasassi, e scoreggiava nel sonno, e spesso puzzava – di sudore, di sigarette, delle cose che faceva quando era fuori di casa. Quando era così stanca da non riuscire più a difendere la sua metà del letto, nemmeno il quarto al quale si era rassegnata, si spostava in salotto e si metteva a dormire nel minuscolo divano verde, con le gambe rannicchiate, la testa sul durissimo poggiamano e la lucetta rossa del televisore a un metro davanti a lei, immobile come l'occhio di un fantasma. La mattina si svegliava con le ossa rotte, pronta per una nuova giornata di lavoro, mentre lui continuava a russare in camera.

Eppure era convinta che quello non fosse l'unico modello di uomo possibile. Ricordava la gentilezza e la bontà di suo padre, morto di cancro quando lei aveva poco più di quindici anni – i modi educati, il silenzio rispettoso, le piccole attenzioni per la figlia che adorava. Nonostante quello che avevano detto le sue ex compagne di classe durante la pizzata, c'erano uomini capaci di rispettare la moglie che avevano scelto, di riservarle preziose tenerezze. Passata l'età in cui l'amore era comandato dall'attrazione e dal desiderio, ora poteva concedersi il lusso di innamorarsi di una persona in gamba, scegliendo doti più importanti di un paio di spalle larghe, di un naso delle giuste dimensioni, di capelli tra i quali passare la propria mano. Il problema, a quarant'anni suonati, con due figlie da accudire, un lavoro che la stremava – otto ore al giorno in un discount, gli straordinari, sei giorni su sette, le domeniche due volte al mese – e una vita sociale praticamente nulla, il vero ostacolo, pensava, era la totale mancanza di occasioni: ogni tanto qualche uomo le faceva delle avance, in corsia, o alla cassa, ma quegli approcci erano così volgari – così terribilmente banali – da scoraggiare qualsiasi risposta. Cosa poteva fare? Mettere un annuncio sul giornale? *Donna di mezza età, sola, con due figlie a carico, sovrappeso, cerca uomo per seria e duratura relazione.* Oppure doveva mentire, e lasciare che quei dettagli emergessero al primo incontro? Si era imposta per così tanto tempo di non pensare a se stessa che ora non sapeva più da dove ricominciare... Prima di spegnere il telefono, e di provare a dormire – era già mezzanotte, la sveglia era puntata alle sei – diede un'ultima occhiata a WhatsApp. Nel gruppo delle ex compagne di classe arrivavano messaggi stracolmi di cuori, e foto della serata, e ancora promesse di organizzare presto un'altra pizzata. Solo Daria rimaneva in silenzio: se la immaginava a letto con Dario, entrambi disperatamente intenzionati a non perdere quell'ultima occasione. Mentre gli occhi le si chiudevano per la stanchezza, cercò di ricordare come si chiamava l'app che li aveva fatti reincontrare ma aveva troppo sonno, e aveva mescolato troppa birra con troppi liquori. Lo avrebbe chiesto a sua figlia Elisa, che di telefoni sapeva tutto.

5.

Davanti al portone del condominio c'era un'automobile, e dentro quell'automobile c'era una faccia che apparteneva al suo passato più remoto e quella faccia ora lo stava fissando. Doveva essere passato parecchio tempo dall'ultima volta che l'aveva vista, perché il ricordo che ne aveva era molto più magro di quel donnone che aveva aperto lo sportello e ora gli stava venendo incontro.

"Ciao," gli disse.

"Be', ciao. Ma ci conosciamo?"

"Stai scherzando?"

"Certo," disse sorridendo, anche se non era per niente sicuro di conoscerla. "E... posso fare qualcosa per te?" Stava già valutando come sarebbe stato portarsela su, in casa: a occhio, sarebbe riuscito a farla entrare nell'ascensore, ma si sentiva troppo stanco per il dopo... per esperienza sapeva che con le ciccione c'era sempre un sacco di lavoro da fare: girale, spostale, girale di nuovo. Era come montare un armadio dell'Ikea, un armadio umido e sudato che non smetteva di miagolare.

"Ho promesso a Marta di tenere Elisa e Lucia per questa settimana, ma non sono più in grado di farlo. Mio padre sta morendo."

"Brutta storia." La gente della sua età aveva sempre un

genitore in punto di morte. Anche lui ne aveva uno: sua madre se ne era andata tanti anni prima ma il papà rantolava da mesi in ospedale, senza decidersi né in un senso né nell'altro. "È un bel problema, non ti invidio, proprio per niente. Sei riuscita a sentirla?"

"È irraggiungibile... Me l'aveva detto che non sarebbe riuscita a rispondere..." Le tremava la voce. "Io non so cosa fare."

"Mi dispiace, davvero. Non mi viene in mente nessuna soluzione. Hai provato con i nonni delle ragazze?"

"Sono morti da trent'anni! Come fai a non saperlo?" Avrebbe dovuto saperlo? Forse l'aveva saputo ma se ne era dimenticato. C'erano sempre un sacco di cose da ricordare, e lui non aveva un computer, in testa! Poi pensò che Marta non aveva il suo numero. Non sapeva neppure dove abitava. Eppure quella cicciona che (ora lo ricordava) era stata addirittura la loro testimone di nozze, mille anni prima, cento chili fa, era riuscito a raggiungerlo. La privacy era un'utopia, un lusso per pochi.

"Come sei arrivata fino a qui?"

"È stata Elisa a dirmi dove abitavi." Con la testa indicò l'automobile. Lui buttò un'occhiata dentro: sul sedile dietro c'erano le sue due figlie, imbacuccate, con la sciarpa fino agli occhi, che guardavano avanti, facendo finta di niente. Non le aveva viste, prima. Erano grandissime: possibile che fossero cresciute così tanto in così poco tempo? Lucia non resistette: si voltò verso di lui, e subito si girò dall'altra parte, strattonata dalla sorella. Quegli occhietti così vispi. Quella fronte così alta.

"Elisa non ha mai saputo dove abito."

"Dillo a lei. Ho seguito le sue indicazioni e ora siamo qui."

"In ogni caso, da me non possono stare. Non ho posto. Ho un letto solo. Non ho neanche un divano. Frigo vuoto."

"Non posso lasciarle a casa mia, da sole. Marta torna fra tre giorni. Fra due giorni e mezzo passo a riprenderle e gliele riporto io."

"Come si chiama tuo padre?"

"Cosa c'entra mio padre, ora? Non mi credi? Pensi che sarei in grado di raccontare una storia simile se non fosse vera? Non sei cambiato proprio per niente..." Lo diceva sconsolata, ma lui ci era abituato: faceva questo effetto alle persone. Ma che male c'era a non cambiare? Con lui, mollavano tutti la presa, si arrendevano, gettavano la spugna. Chissà se c'era qualche animale, oltre a lui, che adottava la stessa strategia per sopravvivere. I formichieri? Gli armadilli? Da piccolo aveva la passione per l'ornitologia, ma gli era passata presto.

"È stata Marta a organizzare questa cosa?"

"Ascolta: quelle sono le tue figlie. La loro madre, per la prima volta nella sua vita, non può stare con loro. Si è affidata a me, ma mio padre sta morendo, sta morendo *adesso*", ora piangeva. "Che cosa devi fare di così importante da non poterti prendere cura di loro? Per una volta, per una volta soltanto?"

Sembrava una cosa da poco, ma lui sapeva come sarebbe andata... Le facevi entrare, e poi non riuscivi più a buttarle fuori. Ora che sapevano dove abitava, non l'avrebbero più lasciato in pace. E poi lui non aveva soldi anche per loro. A malapena riusciva a tirare la fine del mese, i denti non bastavano mai... c'era tutto un pregresso piuttosto consolidato di debiti che non riusciva a erodere in nessun modo. Gli strozzini prima o poi se la sarebbero presa anche con quella ragazzina, con quella bambina. Lo faceva anche per loro, povere ragazze, per proteggerle.

Cercò di tirare fuori una voce persuasiva: "Cara, senti, mi dispiace davvero molto per quello che sta succedendo a te e a tuo padre, e a Marta, ma davvero non so come aiutarti. È troppo complicato. Mandale in un albergo. Ti do cento euro, è tutto quello che ho. Pago io la notte". Le tese due banconote stropicciate; lei si girò dall'altra parte e tornò verso l'automobile. Lui riprese a camminare verso il portone, strisciando lungo il muro del condominio, cercando di non voltarsi.

"Papà!" Era Elisa, la stessa voce di Marta, lo stesso carattere di sua madre, la passione per il melodramma, per le lacrime. Si girò, ma non stava piangendo: era in mezzo al marciapiede. Con una mano teneva Lucia e con l'altra reggeva una gabbia per gatti, e stava ferma, mentre la donna cercava di tirarle verso l'auto. Possedeva una fierezza che lui non riconosceva.

"Cosa c'è, ragazzina? Cosa c'è adesso?"

E, poiché non rispondeva, si frugò le tasche. Poi, sorpreso, aggiunse: "Se serve, posso arrivare a centoventi".

Due notti. Due colazioni, ma i pranzi ognuno per conto proprio. Il gatto poteva stare dove voleva, ma se cagava in giro avrebbero pulito loro. La cena, e quella del giorno dopo insieme, va bene, ma niente di complicato: pasta con il tonno. Il terzo giorno se ne sarebbero andate via per conto loro, in metro. Cosa mangiavano la mattina? Latte e biscotti? Non c'era latte e non c'erano biscotti. Mancavano anche la pasta e il tonno, a dire il vero. Andarono in un discount portandosi dietro il gatto e il trolley. Rinviare il momento in cui sarebbero entrate a casa sua, e nel frattempo censire le porcherie che avrebbero potuto trovare: i giornali sparsi per la casa – *quei* giornali –, il cesso che era una latrina, croste di formaggio ovunque, e da qualche parte un tubetto di vasellina: dove l'aveva lasciato? Non era una casa per minorenni, la sua. Bisognava essere degli irresponsabili per decidere di affidarle a lui. Non era un reato abbandonare le sue ex figlie?

"Dove è andata vostra madre?"

"A un corso," rispose Elisa, che si era presa l'incarico di spingere il carrello.

"*Un corso* non significa niente. Lucia, un corso di cosa?"

"Di rilassamento, per trovare la luce." Elisa diede una spallata a sua sorella. Non erano state ben addestrate. Ma quanti anni avevano? Non le vedeva da così tanto tempo... La grande ne dimostrava sedici, o diciassette. Era nata poco dopo che si erano sposati, di questo era sicuro: il giorno del matrimonio Marta aveva il pancione, ed erano i primi anni duemila. Di Lucia, ricordava il periodo della gravidanza, quando lui aveva perso tutto quello che aveva (tutto quello che *avevano*) ai cavalli. Tra i cinque e i dieci anni.

"Lucia, ma tu, esattamente, quanti anni hai?"

"Otto e mezzo." Lo guardava con gli occhi grandi, chiari, luminosi, misteriosi, sotto quella fronte così spaziosa... Non era sua, quella fronte, non l'aveva presa da lui, e neanche da Marta, che aveva l'attaccatura dei capelli bassa. Marta aveva sempre insistito sul fatto che quella fosse sua figlia, ma lui non ci aveva mai creduto. Erano separati da un sacco di anni, quando era nata. Certo, ogni tanto era capitato che andassero a letto insieme, ma Lucia aveva la fronte troppo ampia per essere figlia loro. E sua moglie di sicuro scopava con qualcun altro mentre lui era in giro a cercare di sistemare quella storia delle scommesse: un tizio gli aveva dato una soffiata su un cavallo vincente, lui aveva puntato tutto, compreso quello che non aveva ancora, e poi... si chiamava Primo, quel cavallo, ed era arrivato ultimo. Già a vederlo non faceva una buona impressione: sembrava un frisone, con un posteriore troppo grosso per la corsa, un collo senza il senso delle proporzioni... ma gli avevano garantito che... e invece era un perdente nato, proprio come lui... E poi era arrivata quella bambina, e lui aveva bisogno del sostegno di Marta. La paternità come merce di scambio. Non si era pentito, no... Però

Lucia non c'entrava niente con loro. Troppo intelligente, quella bambina. Furba come una faina.

Elisa prese il latte e i biscotti e diede a Lucia l'incarico di individuare il tonno in offerta. Lui si prese un vaso di cetrioli aromatizzati e dei würstel lunghi mezzo metro. Scelsero insieme la pasta. Lucia riuscì a convincerlo a prenderle una barretta di cioccolato. Una famiglia di romeni sfilò accanto a loro – carrello pieno, un bambino seduto sopra – e lui per un attimo sentì una specie di morsa al cuore, come una vecchia cicatrice che torna a fare male quando mette pioggia. Con quanta cura aveva rimosso il proprio passato, con quanta determinazione... Ma qua e là riaffioravano le sue tracce, i segni – frammenti di qualcosa che ostinatamente aveva negato. Possibile che un giorno fosse stato davvero felice, felice *in quel modo*? Elisa infilata nel seggiolino del carrello, e lui che cercava di impedirle di leccare la sbarra per spingerlo: lo guardava ridendo, con un'aria innocente di sfida, senza denti, i capelli sottili, le guance rosse, ed erano passati solo quindici anni. Il giorno prima, proprio da quel discount era uscito un tizio che voleva spaccargli la faccia, uno che mentre lo inseguiva sparava colpi di pistola in aria. Per sistemare la sua vita gli sarebbe servito un cervello efficiente come quello di Lucia.

Vagarono ancora un po' tra gli scaffali pieni di schifezze. Lucia insistette per un sacco di patatine da mezzo chilo e una bottiglia di chinotto: aveva l'aria di una bambina in vacanza. Presero delle crocchette per il gatto, ma alla cassa ci fu un problema con il loro codice a barre: il sistema lo confondeva con quello di una lavatrice della Samsung da cinquecento euro. Dopo un minuto di tentativi, Elisa andò a prendere un sacchetto di un'altra marca. Funzionò. Pagarono in contanti.

Cucinarono la pasta insieme, e mentre aspettavano che gli spaghetti fossero pronti Elisa aveva dato una sistemata alla cucina, con un'efficienza che aveva ereditato dalla madre, dalla sua ex moglie, che sistemava tutto quello che lui disfaceva. Lucia, distesa sul divano, giocava a Snake sul telefonino che si era portata dietro, mentre il gatto, Ciacci, esplorava la casa camminando rasoterra.

"Quanti anni ha?"

"Sei e mezzo."

"È sempre stato così grasso?"

"È castrato."

"Sembra un po' tonto. Non avevo mai visto un gatto strabico."

Lucia, dal divano, disse: "Ha avuto un problema al cervello, un aneurisma. Poteva anche morire".

Elisa: "È che non conosce questa casa. I gatti non sono come i cani: hanno bisogno di tempo per adattarsi". Di quale tempo stava parlando?

Alle dieci finalmente mangiarono, e per tutta la cena risero delle storie che lui raccontava sui suoi pazienti e i loro denti marci.

"Papà, ma quando sei diventato dentista?" Ancora quel *papà*. Non avrebbero mai perso quel vizio.

"Ragazze, non sono mica rimasto con le mani in mano, in tutti questi anni. Ho studiato di notte, mentre di giorno mi spaccavo la schiena al mercato ortofrutticolo. Mi sono laureato. Sapete con quanto?"

"Con centodieci e lode?"

"No, Lucia, quello è il voto che prendono i secchioni, quelli che pensano solo a studiare. Centonove. Sono il più vecchio laureato in medicina degli ultimi cinquant'anni. Quando sarete grandi ricordatevi quello che vi sto dicendo: con il sacrificio, si arriva ovunque. Sacrificio e pazienza." Gli venivano così, quei consigli, senza sforzo. Non sarebbe stato difficile sembrare un buon padre.

"Elisa è già grande, se lo può ricordare già adesso," disse

Lucia, arrotolando, con infinita pazienza, gli spaghetti sulla forchetta. Lui guardò Elisa. Sì, era vero, era una ragazza già grande, ai limiti dell'età adulta. Aveva tette più grosse di sua madre, capelli lunghi, un trucco poco discreto sulla faccia e un culo rotondo, pieno. "Ma a te, chi te li taglia i capelli?"

Lucia, senza smettere di arrotolare gli spaghetti, disse "la mamma", con quella fiducia che i bambini hanno nei confronti dei loro genitori. Non aveva il minimo sospetto che sua madre usasse le forbici come un giardiniere. Sembrava che qualcuno le avesse messo una scodella in testa, e poi avesse tagliato tutto quello che strabordava. Come poteva mandarla in giro in quel modo?

Sparecchiarono e poi si sedettero tutti sul divano a guardare un po' di televisione: quelle due ragazzine riuscivano a sentirsi a loro agio in un posto che era stato progettato per tenere lontano ogni genere di impegno. Elisa ogni tanto scattava una foto con una reflex.

"Ti deve essere costata una fortuna, quella macchina fotografica."

"L'ho trovata in un parco."

"Capito, roba rubata."

"Dentro c'era la foto di un bambino piccolo. Non l'ho mai cancellata. Prima o poi lo ritroverò e gli darò la sua macchina fotografica. Guarda, è lui." Un bambino con i capelli neri e le orecchie a sventola fissava l'obiettivo con un sorriso che poteva dire mille cose. Era un giorno di sole. Dietro, un parco, con le altalene in lontananza e un cane, un levriero grigio, che passava proprio da quelle parti.

"È il suo hobby," disse Lucia riferendosi alla sorella maggiore. "Gira sempre con la macchina al collo, fa un sacco di foto. Da grande farà la fotografa."

"E tu che farai?"

"La scienziata."

Più tardi, fecero i turni per il bagno; per la notte lui si sistemò sul divano in salotto, che era anche la cucina, e lasciò il letto matrimoniale a loro due. Prima di spegnere la luce, gli chiesero se potevano farsi un selfie insieme. Disse di no, perché gli pareva di compromettersi, ma poi disse di sì. Si misero in piedi, con la finestra aperta sulla città alle spalle ed Elisa fece una decina di scatti. Erano già pronte per queste cose, quelle ragazze: avevano sviluppato uno stile personale, un modo preciso di mettersi in posa, le faccine giuste, la giusta inclinazione. Nel giornale della metro aveva letto che negli ultimi due anni erano state scattate più foto di tutte quelle fatte nei centocinquant'anni precedenti – nei cinque miliardi di anni prima, a dire il vero. Era per questo che la gente era diventata più bella: la competizione rendeva migliori.

Lucia volle dargli un bacino sulla guancia – "come quando ero piccola," disse quello scricciolo alto un metro e venti. Ricordava qualcosa del minuscolo passato che avevano trascorso insieme, e sembrava che gli volesse ancora bene, nonostante le avesse abbandonate da un giorno all'altro, senza neanche salutarle – senza nemmeno tornare a prendersi i calzini e le mutande che aveva lasciato nel primo cassetto del comò. Andarono a dormire. Lui si infilò in una specie di sacco a pelo, e da là sotto le sentì parlottare per qualche minuto, e ridere sottovoce, e poi sussurrarsi qualcosa, come se fossero in una tenda in mezzo al bosco, in quei posti in cui lo spavento per il buio si mescola alla felicità della libertà. Una delle due fece anche una scoreggina, e scoppiarono a ridere forte, e rise anche lui, sottovoce. Intanto la città si stava assopendo, sotto le finestre – immaginava i tizi del kebab che iniziavano a pulire i tavolini, le sedie tirate su per un'ultima passata a terra, le sgommate dei clienti che se ne tornavano a casa, o che andavano in cerca di altri sollievi nel cuore della notte... Diede un'occhiata al telefono. *Destiny* aveva ripreso a proporgli profili di giovani ragazzi tatuati, uomini con la barba che mentivano sull'età, un transessuale con un naso enorme, ma ora non aveva voglia di impegnarsi in nuove storie d'amore. Diede anche un'occhiata veloce alla timeline di Eva Lovia, per abitudine. A una foto di lei dal dentista rispose con un cuoricino. Era meravigliosa anche con un trapano in bocca, quella ragazza: avrebbe dato qualsiasi cosa per poterle togliere un dente, per passare mezz'oretta da solo con lei, nel suo studio. Sentì il ticchettio delle unghie del gatto che camminava sul tavolo – un felino senza speranza. Poi spense il telefono – il salotto diventò improvvisamente buio – e rimase immobile a guardare il soffitto scuro, ad ascoltare gli ultimi sussulti di quella periferia rumorosa che si mescolavano al respiro profondo di Elisa, e a quello veloce di Lucia, la figlia venuta da chissà dove... e la vicinanza di quelle creature che in qualche modo aveva contribuito a creare, chi più, chi meno, era un richiamo che gli arrivava da una distanza inimmaginabile. Non era roba per lui, una vita normale – non più – ma si lasciò cullare da quei sogni un po' più dolci, un po' più caldi, quelli che certi uomini fanno a letto accanto alla donna amata, mentre di là i figli dormono e crescono, e continuò a sognare – perfino il dente aveva smesso di fargli male – e sognò fino alle sei, quando dei tizi iniziarono a tempestare di pugni la porta di casa. Per un attimo pensò che anche quello fosse un sogno, uno di quelli che faceva tutte le notti, ma poi aprì gli occhi, vide le pentole ammassate nel lavandino, sentì la puzza di casa sua... era tutto vero. Andò ad aprire, brandendo un randello che teneva sempre a portata di mano: erano tre carabinieri ben armati, che esibivano un mandato di cattura sotto la lampada tremolante del pianerottolo. Dalle porte accanto arrivava il rumore di chiavistelli, lo sfarfallio di spioncini che si aprivano e si chiudevano come palpebre di occhi curiosi. Si vestì controllato a vista – gli pareva di avere, da qualche parte, un paio di calzini senza buchi, ma non c'era verso di trovarli. Prima di uscire andò in camera dalle ragazze, che incredibilmente non si erano ancora svegliate, si avvicinò a Elisa, e le disse sottovoce che c'era stato un contrattempo.

"Ti ho lasciato quaranta euro sul tavolo, e le chiavi. Prepara tu la colazione a Lucia. Se non torno nei prossimi giorni, andate dalla mamma. Fate le brave, mi raccomando." Elisa bofonchiò qualcosa, mezzo assonnata, poi si girò verso di lui, lo tirò a sé e gli diede un bacio sulla testa.

"Fai il bravo anche tu, papà."

Poco dopo, mentre andava incontro al suo nuovo destino, vide il sole che sorgeva oltre la città, fra un traliccio dell'alta tensione e un grattacielo che nessuno era mai riuscito a finire. Chiuse gli occhi, appoggiò la testa al finestrino, e guardando sfilare palazzi sempre più bassi e sempre più vecchi, tornò a dormire.

6.

Il bosco, umido, gonfio di odori, e il cielo, finalmente limpido dopo tanti giorni di nuvole e foschia, erano uguali ai boschi e ai cieli che aveva respirato da bambina, nel piccolo paese in cui aveva vissuto e che poi aveva rabbiosamente abbandonato. A quindici anni, poco dopo la morte di suo padre, si era rotto qualcosa tra lei e il mondo naturale nel quale era stata immersa fino ad allora. Le sembrava che la città, che conosceva da lontano, per sentito dire, fosse infinitamente più bella – più eccitante – di quel silenzio impenetrabile. Passava il tempo a lamentarsi, a sognare Milano, a odiare le strade del suo paese, i campanacci delle mucche che tornavano la sera, la processione dei vecchi che attraversavano la piazza del paese per passare da un bar all'altro. A diciotto anni finalmente si era imposta su sua madre, e aveva ottenuto di poter passare due settimane con le amiche al mare, a Rimini: le pareva il modo migliore per avvicinarsi al fragore elettrico delle metropoli. Perse la verginità da quelle parti, in quei giorni, su una sdraio ai bordi della piscina dell'albergo, con un tedesco del quale non sapeva neppure il nome; nei giorni successivi si ubriacò, vomitò, aspettò l'alba in spiaggia, ballò per ore in decine di discoteche diverse, fumò, e il penultimo giorno fece di nuovo l'amore, questa volta con un ragazzo spagnolo, Felipe, al quale regalò una collanina di corallo in cambio di un braccialetto di cuoio. L'ultima sera rimase distesa sul bagnasciuga, da sola, rivolta verso le luci dei grattacieli che costeggiavano il mare, a sentire il rumore delle onde sotto un cielo nerissimo, convinta che stesse per iniziare una nuova vita. Non era mai stata così presente a se stessa. Nei mesi successivi scrisse qualche lettera a Felipe, che rispose la prima volta, mandò una cartolina la seconda e poi sparì. Abitava nella zona settentrionale della Spagna, nei Paesi Baschi, al confine con la Francia, e ogni tanto le veniva voglia di partire e andare a trovarlo – non perché ne fosse innamorata, ma perché aveva voglia di vedere l'oceano con qualcuno. Cos'era successo, poi? Aveva finito la scuola, cercato un lavoro, frequentato qualche ragazzo della sua età, fatto vaghi progetti matrimoniali, passato tutti i sabati sera in pizzeria, sperando sempre che arrivasse l'occasione di poter andare in città. A ventisei anni era rimasta incinta, senza volerlo; il lui del momento le aveva chiesto di abortire, lei non se l'era sentita, e quindi si erano sposati: era così che quell'uomo, che conosceva appena, era diventato suo marito. Andarono a vivere con Elisa nella prima periferia di Milano, in un appartamento che si affacciava sulla campagna – una soluzione provvisoria, si erano detti, ma quando il proprietario lo mise in vendita fecero un mutuo per comprarlo, un investimento che avrebbero fatto fruttare per la casa successiva, magari più in centro, dentro alla terza circonvallazione o nelle sue immediate vicinanze; ma quella casa non arrivò mai, e intanto attorno al condominio sorsero altri condomini, un'autorimessa della Citroën che poi divenne un magazzino di cibo per cani e infine un gigantesco negozio di custodie per cellulari che nascondeva chissà quali attività. I camini dell'aria condizionata, enormi tubi squadrati che spuntavano dal tetto, spandevano il vapore caldo con un rumore costante di ventole. Avrebbe voluto andarsene, ma qualcosa di misterioso e imperscrutabile garantiva la suddivisione della città in compartimenti stagni: nessuna regola scritta, nessun cartello o steccato o filo spinato. Forse era solo una questione di soldi – di averne, o di non averne. Un collega al discount, che aveva studiato ingegneria senza arrivare alla fine, e che ora guidava un muletto in magazzino, diceva che esisteva un gradiente economico fra il centro e la periferia e che nessun lavoratore avrebbe mai potuto risalire quella corrente: c'era la rendita, che faceva i ricchi sempre più ricchi, e c'era il lavoro, che condannava la povera gente a un regime di mera sopravvivenza. Il direttore del discount gli diceva di smettere di dire stronzate da comunisti, ma lui continuava: il peso del capitale nel prodotto nazionale lordo stava raggiungendo livelli che non si vedevano dai primi del Novecento. Da un giorno all'altro non si presentò al lavoro. Qualcuno diceva che era stato trasferito, altri che si era licenziato e che ora faceva parte di un gruppo di estremisti. Nessuno seppe mai come era andata veramente.

Ma lei aveva un problema più serio del capitale, della rendita e del salario: suo marito. Marta l'aveva accettato per quello che era, o ci aveva provato, e non era bastato per tenerselo. Quando lui se ne era andato, lei aveva rinunciato definitivamente all'idea che prima o poi avrebbe visto l'oceano in Francia, o il centro di Milano: il mutuo, la figlia che stava crescendo, le incertezze sul lavoro, quella fatica tremenda di arrivare a fine mese... E adesso, a quarantaquattro anni, quasi trenta dopo che il sogno della città aveva iniziato a perseguitarla, stava attraversando uno di quei boschi che aveva odiato da ragazza, e lo attraversava stringendo la mano di un uomo.

Una sera Elisa l'aveva aiutata a installare *Destiny* e durante la pausa pranzo del giorno successivo aveva risposto alle centinaia di domande necessarie per definire il suo profilo – religione, fumo, gusti culinari, tendenze politiche, numero di partner all'anno e numero totale di partner, stato civile, figli, loro età, residenza, disponibilità a spostarsi, allergie, gusti sessuali, gusti alimentari, eventuali dipendenze attuali o pregresse, hobby, attività sportive, altezza, peso e colore degli occhi, indirizzo mail, opinioni intorno all'aborto e all'eutanasia, viaggi, eventuali malattie ereditarie, desiderio di maternità, ultimo libro letto, cantante preferito... La sua vita passata ai raggi X, un'ecografia lunga un'ora. Alla fine, dovette caricare anche una foto – ne scelse una che sua figlia Lucia le aveva scattato una volta in cucina, di sorpresa: era una buona versione di lei, onesta, ma con un'angolatura fortunata. E poi iniziò ad aspettare.

Aspettò per giorni, e poi settimane. Ogni tanto le arrivava una mail che le comunicava che alcune persone sembravano interessate al suo profilo, e che allo stesso tempo la invitava ad avere pazienza: le statistiche dicevano che era tutto nella norma, che *Destiny* agiva con molta prudenza nel creare i contatti, che era meglio avere poche buone occasioni che tante delusioni. Quando stava per rassegnarsi, era stata contattata da un quarantenne in cerca di una donna con la quale instaurare un'affettuosa amicizia, e nonostante lei non fosse interessata a quel genere di relazioni, che richiedevano molta fantasia e una certa inclinazione per gli aspetti più carnali dell'amore, gli aveva risposto: sentiva il bisogno di rimettersi in gioco. La cosa era andata avanti per qualche giorno, tra messaggi al mattino, messaggi alla sera, una manciata di foto, due chiacchiere al telefono. Alla fine lui era riuscito a convincerla a vedersi per un caffè, in centro. Si preparò all'appuntamento come se fosse una ragazzina di quindici anni: scelse un maglione che aveva comprato in svendita l'inverno precedente, un paio di pantaloni scuri, le scarpe belle... Per l'intimo, dovette prendere qualcosa di nuovo – nel cassetto della biancheria aveva solo slip e reggiseni comodi in cotone

– e mentre indossava un completo nero, semplice e accattivante, si domandò cosa stesse facendo, per chi, con quale obiettivo; ma una volta tanto non volle cercare una risposta.

Arrivò all'appuntamento con un quarto d'ora d'anticipo. La metropolitana che aveva preso era tappezzata dalle foto di un uomo, con la barba e un bel sorriso, che qualche giorno prima era sparito di casa e non aveva più dato notizie; si chiedeva di avvisare la polizia nel caso in cui qualcuno lo riconoscesse – aveva dei problemi mentali e poteva essere pericoloso, per sé e per gli altri. Guardandosi intorno, aveva avuto l'impressione che metà degli uomini seduti nel suo vagone potessero essere scambiati per quel tizio.

Scese a una fermata in centro e camminò per un centinaio di metri. Il bar dell'appuntamento era incastrato tra una gioielleria e un negozio di borsette, la più economica delle quali costava come due suoi stipendi. Alzò gli occhi verso il palazzo che cresceva sopra quelle boutique. Chi viveva là dentro, in quegli appartamenti, non aveva mai provato la paura di non avere i soldi per comprare pane e latte per i propri figli. Questa differenza tracciava un solco enorme all'interno del genere umano, e più in particolare tra le persone che vivevano in quella città condividendo strade, illuminazione, sindaco, alberi, cielo, ma che non avevano nulla – nulla di nulla – in comune. Vicino al suo condominio c'era un viale con al centro dei tralicci dell'alta tensione, enormi, tutti in fila, piantati là senza alcun pudore: forse un tempo spuntavano da un campo abbandonato, ma un po' alla volta la città li aveva inglobati nel suo tessuto, ci aveva costruito delle case, intorno, e poi ci aveva messo delle persone dentro. Gli uccellini, quando passavano da quelle parti, perdevano l'orientamento, investiti da spaventose forze elettromagnetiche, e iniziavano a girare in tondo, in stormi sempre più grandi, disegnando nel cielo le mutevoli forme della pazzia. Là in centro, invece, davanti al bar, sul marciapiede, zampettavano dei piccioni grassi e presuntuosi. Avevano lo sguardo sereno e un po' ottuso di chi conduce una vita senza troppi problemi: probabilmente passavano le giornate a mangiare gli avanzi delle brioche, i resti dei brunch, le patatine che gli apericena lasciavano cadere a terra. Erano più ricchi e più sazi di tanti suoi vicini di casa, e correvano meno pericoli.

Entrò e ordinò una tisana al barista, un tipo piccolo con i baffi e l'accento meridionale. Ogni uomo che passava davanti alla vetrina del bar le faceva balzare il cuore in gola. L'adolescenza non era un'età, ma uno stato d'animo, una miscela di folle intraprendenza ed eccesso di sensibilità che si poteva ripresentare in qualsiasi momento della vita; si sentiva a metà strada tra la sua Elisa, che stava scollinando gli anni più stravaganti della vita, e Lucia, innocente come il personaggio di una fiaba. Lui si presentò con dieci minuti di ritardo: era più vecchio rispetto alla foto su *Destiny*, un po' più stanco, con meno capelli, più rughe. Si chiamava Luigi, o almeno così disse. Parlarono per mezz'ora, abbastanza amabilmente – lui era quasi brillante, e si vedeva che aveva una certa esperienza in quel genere di incontri. Iniziò ad accarezzarle le mani, prima come se fosse sovrappensiero, poi esplicitamente, e prese a dirle che era più bella di quanto si era immaginato, e più simpatica, e che non poteva credere che lei avesse già quarantaquattro anni, e due figlie – qual era il segreto della sua eterna giovinezza? Ogni tanto lui dava un'occhiata all'orologio appeso dietro al bancone, come se avesse un ruolino di marcia da rispettare. Marta lo lasciò fare – lasciò che lui pagasse il conto, che la prendesse per mano e la portasse a passeggiare per Milano, che la invitasse a casa per bere qualcosa, che la facesse salire su, che le facesse vedere le stanze dell'appartamento, che arrivati alla camera da letto la avvicinasse a sé e la baciasse, e poi la spogliasse, e si spogliasse, e la spingesse verso il letto, e le montasse sopra, e si fotografasse il sesso mentre la penetrava, e che guardasse i loro corpi in uno specchio appeso al soffitto – fece finta di non sentire le porcherie che diceva, e sospirò per le vampate di piacere, per le mani che la toccavano ovunque, per la lingua che la leccava instancabilmente. Disse di no solo al suo progetto di venirle in faccia: lui insistette un po', ma poi si accontentò delle tette, che ricoprì di sperma; subito dopo le indicò la porta del bagno, dove c'era pronto un asciugamano per lei. Quando tornò in camera lo trovò vestito, e si vergognò di essere nuda di fronte a quello sguardo che già pensava ad altro.

Alle dieci era in metropolitana verso casa, frastornata, confusa. Aveva fatto l'amore, ma di quel sentimento, dell'amore, aveva scorto solo esili tracce quando lui le aveva scattato una foto dalle parti del Castello Sforzesco e in una carezza affettuosa sul viso in ascensore, mentre salivano nell'appartamento... Il resto, tutto quello che c'era stato prima e tutto quello che c'era stato dopo, era stato bello, eccitante – erano anni che non sentiva di essere il centro di un desiderio così forte, per quanto rozzo –, ma aveva avuto l'impressione che per tutto il tempo ciascuno fosse invisibile all'altro, come se ciò che stavano cercando fosse molto al di là del viso che guardavano, del corpo che stringevano tra le braccia. La strada per la felicità era tortuosa e passava necessariamente attraverso la pelle, le mucose, i capelli e le labbra, le cavità e le protuberanze; eppure c'erano baci che schiudevano mondi e altri che, invece, si fermavano in superficie. Riaccese il telefono. Elisa le aveva mandato un messaggio rassicurante: aveva preparato la cena per lei e la sorella, avevano mangiato, guardato la nuova versione di *Cenerentola* di Kenneth Branagh e ora stavano andando a dormire. Aveva inviato anche una foto di loro due pronte per la notte – Lucia piccolina, nel pigiama grigio che si era fatta cucire, ed Elisa, fasciata da una camicia da notte diventata stretta negli ultimi mesi, di colpo. Si commosse. Davanti a lei c'era una ragazza con una scarpa slacciata, e poco più in là una signora sulla sessantina, con un neo enorme su una guancia che ascoltava musica da un iPod a un volume assurdo; accanto a lei due cinesi parlavano tra loro in napoletano, e in fondo al vagone una mamma con la faccia triste allattava un bambino piccolissimo... C'era una città, là sopra, con le strade, i negozi e le vetrine, le passeggiate, i parchi, i palazzi e le case di corte, e poi c'era quel mondo sotterraneo, dove la gente si spostava in silenzio da un punto all'altro, trascinandosi dietro la propria vita.

Arrivò una nuova notifica da *Destiny* che le proponeva un altro profilo, un uomo con la barba e i baffi e un'età compresa tra i quaranta e i cinquanta (un salto esistenziale enorme che avrebbe dovuto essere dettagliato con più precisione). Era interessato a instaurare un'affettuosa amicizia con una donna... Dopo i quaranta, iniziava l'epoca delle amicizie affettuose: nessuno se la sentiva più di imbarcarsi in un matrimonio. Poi, piano piano, quelli che sarebbero sopravvissuti alle trappole del cuore, del pancreas, del cancro, avrebbero iniziato a cercare donne che si prendessero cura di loro – delle creature metà mamme, metà mogli, metà badanti. Ma ora che sapeva che un'*affettuosa amicizia* significava più o meno quello che aveva fatto quella sera, sperma sul seno compreso, non era sicura di voler rispondere... Poteva fare a meno di esperienze come quelle. Anche se le attenzioni che aveva ricevuto erano meglio della solitudine di certe serate passate a guardare la televisione con il gatto acciambellato sulle gambe, non le piaceva l'idea che la sua vita potesse diventare una lunga sequenza di rapporti occasionali con uomini che, nella migliore delle ipotesi, non avrebbe rivisto più; e nell'ipotesi peggiore che si sarebbero rifatti vivi dopo un mese per chiedere il bis. Il tizio che aveva passato la serata a fotografarselo mentre entrava dentro di lei l'avrebbe ricontattata, e questa volta non ci sarebbero stati il bar e la passeggiata per Milano. A cosa gli servivano le foto che le aveva scattato? Di lei comparivano fette di carne rosa, un pube non depilato, un ombelico incastonato nella pancia di una donna che aveva partorito due bambine – poteva esserci chiunque, là sotto, in quegli scatti. Gli servivano per recuperare il ricordo di quella serata? E una volta che lo avesse recuperato, cosa avrebbe ricordato di quella specie di recita che avevano interpretato senza alcuna convinzione? Quali dettagli indistinguibili da tutti gli altri dettagli? A casa, avrebbe chiesto a Elisa di disinstallarle l'applicazione. Doveva per forza esistere una terza strada, diversa da quella che avevano imboccato le sue ex compagne di classe, e diversa da quella tracciata da *Destiny.*

Arrivata al capolinea, recuperò l'auto che aveva lasciato a un centinaio di metri dalla stazione ma che, come talvolta succede alla fine di serate come quelle, non voleva saperne di mettersi in moto. Casa sua non era troppo lontana – tre o quattro chilometri – ma non aveva nessuna voglia di mettersi a camminare da sola a quell'ora; e mentre era concentrata sul quadro del cruscotto, con la speranza di vedere un segno di vita, qualcuno bussò sul finestrino. Lei lanciò un urlo; lui la rassicurò con un sorriso e le mostrò le mani nel gesto universale che si usa per dichiarare le proprie buone intenzioni. Quell'uomo stava cercando di dirle qualcosa. Lei passò una manica sulla patina di vapore che si era formata sul vetro e provò a leggere le labbra: le sembrava di capire che lui era in grado di darle una mano. Tirò giù il finestrino – una fessura appena – e finalmente sentì quella voce, che era dolce e ferma: "Se vuole posso venire qui con la mia auto, ho i cavi per collegare le due batterie". Aveva un'aria gentile, quasi mansueta, ma non arresa. Cosa doveva rispondere? Aveva accettato di uscire con un uomo che le era stato proposto da un'app installata sul telefono, ed era andata nel suo appartamento – perché non avrebbe dovuto fidarsi di un uomo che il destino aveva fatto arrivare fino a pochi centimetri da lei?

Un mese dopo era davanti al letto, con la valigia aperta, e vuota: erano passati così tanti anni, dall'ultima volta che era andata da qualche parte che non sapeva neanche da dove iniziare. Prima la biancheria o prima il pigiama? Ma poi: pigiama o camicia da notte? No, avrebbe dormito in slip, reggiseno e canottiera, come nei film, anche se di notte aveva sempre freddo ai piedi. Dove avrebbe messo la biancheria sporca? Il beautycase a fiori era lo stesso che aveva usato per il suo viaggio di nozze – orribile, ma non aveva soldi per comprarne un altro. Avrebbe dovuto cucire qualcosa di impermeabile e morbido dove mettere lo spazzolino, il dentifricio, lo shampoo, il doccia schiuma, il filo interdentale, il latte detergente, i trucchi, le forbicine per le unghie, e il balsamo per i capelli... Quale paio di scarpe, tra i due che aveva? Alle figlie aveva detto che si era iscritta a un corso che insegnava a rilassarsi, a prendere la vita con più serenità (e per certi versi era vero), e che sarebbe stata fuori casa per quattro giorni, ma non le avrebbe lasciate sole: aveva già contattato Carmela, un'amica di cui si fidava ciecamente.

"Ve la ricordate? Era la madrina alla cresima di Elisa, quella signora un po' cicciottella, che ci preparava le frittelle quando andavamo a casa sua a trovarla..."

"Quella che sembra un ippopotamo?"

"Be', non proprio... E poi non è carino parlare così di una persona gentile. Comunque è lei, vi lascio in buone mani, ma promettetemi che non mangerete tutto quello che vi preparerà sennò poi mi tocca rifarvi il guardaroba." Mentre lo diceva le abbracciava sorridendo. Sapeva di non avere un gran senso dell'umorismo: con loro si sentiva spiritosa come una nonna, ma suppliva a quella mancanza con l'affetto, le carezze, il solletico, e una certa disponibilità a giocare il ruolo della mamma un po' tonta.

"Andrò in un posto dove il telefono non prende. Elisa, mi fido di te. Prenditi cura di Lucia. E tu, piccoletta, fai la brava, come sempre."

"Possiamo portare Ciacci? Non sopravvivrà quattro giorni a casa da solo."

Il gatto, che dormiva su una sedia sotto il tavolo, sentendo il proprio nome aveva iniziato a fare le fusa e a causa di una deviazione del setto nasale sembrava un uomo che russava.

Marta sorrise. Aveva trovato quel gatto davanti a casa, vicino al portone del condominio, un cucciolo di due mesi che miagolava disperatamente. Non lo aveva preso per la tenerezza che inevitabilmente suscitano i cuccioli e neanche per la compagnia che in qualche modo avrebbe portato, ma perché assomigliava a loro. In quella piccola arca di Noè che aveva costruito potevano entrare tutti quelli che cercavano salvezza.

Il giorno dopo camminava in un bosco tenendo per mano Fabio, l'uomo che l'aveva aiutata a far ripartire l'auto, e mentre lui le insegnava i nomi dei funghi che quella notte erano cresciuti sotto gli alberi, distinguendo quelli commestibili da quelli tossici, e quelli tossici da quelli mortali, lei, per la prima volta da tanti anni, sentì l'inconfondibile richiamo della felicità.

7.

Che relazione può esserci fra le molte persone nelle storie innumerevoli di questo mondo, che da opposti lati di grandi abissi si sono tuttavia incontrate? Era fermo su questa domanda da una decina di minuti quando un secondino lo avvisò che era arrivato il momento di prepararsi. Lasciò il libro al suo compagno di cella, chiedendogli di restituirlo alla biblioteca quando lo avesse finito; uscì dal carcere alle cinque e un quarto del pomeriggio, quattro mesi e mezzo dopo esserci entrato. Era primavera. Sul marciapiede inspirò a fondo: la puzza della città si mescolava all'odore delle piante che iniziavano a sgranchirsi in previsione della bella stagione. Con i suoi effetti personali – un sacchetto di nylon pieno di mutande, canottiere e calzini – si incamminò verso la metropolitana pensando ancora a Dickens e alla sua casa desolata: la domanda era seria o era solo un modo per giustificarsi delle troppe coincidenze che mandavano avanti la trama del libro? C'era sempre questo problema, nei romanzi. Il caso pareva essere poco casuale. Se ne stava accanto all'autore a dargli una mano a sistemare le cose, un generatore instancabile di fatti. A ben vedere, era impossibile non confonderlo con una qualche forma di destino.

A casa scoprì che l'ascensore era rotto e, dopo sette piani a piedi, che qualcuno aveva cambiato la serratura della porta. Il nome inventato che aveva messo sul campanello era stato sostituito da un altro nome inventato: ora c'era scritto MANUEL E MANOLO, con un cuoricino in mezzo. Suonò. Suonò di nuovo. Un occhio lo stava osservando attraverso lo spioncino. Salutò con la mano. Bussò. Niente. Sorrise, bussò più forte e finalmente aprirono. C'era un tizio mezzo nudo, un sudamericano piccoletto pieno di tatuaggi e un berrettino in testa. Manuel o Manolo? Erano tutti uguali, quei messicani.

"Abitavo qui," gli disse. Sbirciò dentro: i suoi mobili erano ancora là dove li aveva lasciati. C'era anche il divano sul quale aveva dormito l'ultima notte di libertà. Il tizio richiuse la porta. Gli sarebbe piaciuto insistere un po' di più, far valere qualche contratto, ma sapeva che in quelle lotte tra abusivi vinceva il più forte, il più determinato, e lui doveva ammettere di sentirsi deboluccio. Il carcere non gli era stato salutare: aveva apprezzato la cucina e l'ozio dei pomeriggi passati a leggere riviste di moda e romanzi d'appendice, ma dal punto di vista fisico era fiaccato. Il suo compagno di cella, un ucraino rasato a zero, faceva esercizi ogni mattina in vista della liberazione, anche se lui aveva sentito dire che gli mancava una decina d'anni: l'importante, in queste cose, era non perdere la speranza, tenere duro, darsi degli obiettivi. Una sera, quando le luci erano già state spente, e da ogni cella si levavano i lamenti notturni – dolore e piacere in uguale misura –, l'ucraino gli aveva raccontato che una volta uscito sarebbe tornato al suo paese e si sarebbe sposato. Attraverso un cugino controllava la ragazza che gli aveva promesso di aspettarlo: non era tipo da mollare la presa. Aveva venticinque anni, era levigato, ben tornito, glabro. Pensava positivo, programmazione neurolinguistica dalla mattina alla sera, ma lui sospettava che dentro fosse già crollato da un pezzo. Qualche volta lo sentiva piangere, nel lettino sopra il suo, un pianto umido, pieno di moccio e singhiozzi da dodicenne.

La vita del carcere non era per tutti; soprattutto, non si confaceva ai giovani innamorati.

"Ma tu perché sei dentro?" gli chiedeva qualche volta quel ragazzo, con il suo terribile accento dell'Est. Glielo chiedevano in tanti, perché non aveva l'aria di un criminale – non era abbastanza furbo – e lui rispondeva che non lo sapeva, e in qualche modo era vero. A fregarlo era stato uno dei tanti nomi falsi che usava; uno scambio di persona, insomma. Quando se ne erano accorti anche gli investigatori, si erano convinti che c'erano comunque altri buoni motivi per tenerlo dentro. Il dentista morto in Brasile, ad esempio... com'era? Pic-nic, fulmine? C'era scritto così, sui giornali... Be', non era vero: l'avevano trovato incaprettato in una camera d'albergo, un regolamento di conti tra bande di narcotrafficanti, e ora il giudice era convinto che lui, in qualche modo, sapesse qualcosa. Uno spacciatore... Non ci si poteva fidare più di nessuno, nemmeno del proprio dentista. Dopo un mese di interrogatori surreali ci fu una pausa. Si diceva che un funzionario pasticcione avesse perso le carte, o che qualcuno le avesse rubate. Il tribunale era un covo di ladri, gli aveva rivelato un secondino di cui era diventato amico: il male si annida là dove meno te lo aspetti, e mentre glielo diceva gli regalava delle riviste dei testimoni di Geova. Era stato un bravo cattolico, quel secondino, poi un giorno la sua ragazza era uscita di strada con l'auto per evitare di tirare sotto una bambina ed era stata lì lì per morire per settimane. Lui aveva perso ogni speranza, quand'ecco che un uomo molto per bene lo aveva avvicinato e gli aveva consigliato di pregare Geova. Disperato, il secondino gli aveva dato ascolto, e la sua ragazza si era salvata. Era per questo che si era convertito. Gli mostrò alcune foto della donna: da quello che si poteva vedere, non era rimasto un granché. "Era così anche prima?" gli chiese.

"Così come?"

"Boh... così, così come è in questa foto."

"..."

"Ascolta, da quanto fai questo lavoro?"

"Vent'anni."

"E ne hai?"

"Quaranta."

"Coraggio."

Una sera parlarono di cinema. Il secondino impazziva per *Guerre stellari* ma si incartò con la spiegazione della sequenza dei film – il primo era il quarto, il quinto era il secondo, il padre poi era un bambino, ma prima, cioè dopo. Lui invece gli raccontò la trama di un film che aveva visto da ragazzo. C'erano delle donne incinte che si facevano scopare da un cavallo di colore. Gli era piaciuto soprattutto il titolo, *Figli di puttana.*

Nel frattempo era arrivato Natale. Scrisse una lettera di auguri a suo padre moribondo, con la speranza che questo gesto potesse impietosirlo, ma pareva che nessuno avesse più un briciolo di cuore. Lui, invece, non aveva smesso di averne uno: nell'attesa che l'equivoco si risolvesse (temeva che gli altri nomi che aveva scelto nascondessero passati ancora più tremendi) si era innamorato di una donna che era famosa soprattutto per essere la moglie di un uomo ricco e potente, uno con una faccia da cavallo, e perché aveva scelto di fare della beneficenza la propria ragione di vita. Aveva trovato delle foto su una delle riviste che giravano tra i carcerati, e da principio non l'aveva notata. Poi, un'intervista su "Donna moderna", un primo piano intenso, il colpo di fulmine. Nell'articolo si parlava della sua prole numerosa, dell'ambiziosissimo marito, e delle sue iniziative sociali – la raccolta di fondi per i bambini tristi, le firme per istituire la giornata della nonna. Nonostante i soldi, era rimasta schiva e modesta; una suora laica, con un nasone grande e le tette piccole. Si chiamava Ledidiana Dalla Rava, moglie di Orazio Calore, il re degli ippodromi. Lo faceva impazzire l'idea che avesse avuto tutti quei figli, che li avesse concepiti nell'unico modo in cui possono essere concepiti... La notte trovava sollievo immaginandola nuda, con le gambe aperte e il marito sopra, sopra di lei che era così a modo, una Madre Teresa di Calcutta ma un po' meno santa, l'aria penitente, gli occhi chiusi e il naso un po' ingombrante sotto la frangetta ricciolina, ad accogliere il seme del marito, di quell'equino con velleità napoleoniche... Ma non era geloso. Sognava quelle tettine adolescenti che si intravedevano sotto i vestiti estivi, e la fortezza inespugnabile del suo buco del culo. A lei dedicava quasi tutti i suoi faticosi orgasmi; ne lasciava qualcuno furtivo e fedifrago per Eva Lovia, che non vedeva da quando era stato arrestato. Qualche giorno prima che i carabinieri venissero a prenderlo, aveva adottato un cane, la Lovia... ricordava ancora le foto di quel bastardino dalle dimensioni abnormi con il quale lei dormiva. Insieme facevano la bella e la bestia, proprio come nel cartone: la fortuna era talmente cieca da non fare distinzione di razza. E lui avrebbe fatto cambio con quell'animale libero di rotolarsi nel letto di Eva; avrebbe accettato anche quell'aspettativa di vita così avvilente che hanno i cani pur di poterle annusare il cespuglietto peloso con la scusa di farle le feste quando tornava a casa dal lavoro... Ogni tanto, mentre lui pensava a Ledidiana che condivideva con il bardotto, e alla Lovia, l'amante che condivideva con il cane, l'ucraino si sporgeva per sbirciarlo ma quell'ometto non era tipo da scendere e infilarsi nel suo letto per due coccole tra compagni di sventura: lo guardava facendo finta di fare altro, aspettando che finisse, che lui raggiungesse l'orgasmo prima di iniziare a lavorare sul suo. Sarebbe stato un buon marito per la ragazza che lo aspettava in Ucraina. Premuroso. Forse un po' rigido, ma attento alle buone maniere. Aveva saputo, sempre dal secondino convertito, che lo avevano messo dentro perché aveva ucciso un ragazzo a colpi di cric per un parcheggio. Non si faceva mettere i piedi in testa da nessuno, quel tipo tutto pelle e nervi. Era figlio del nuovo secolo.

Lo studio del dentista aveva fatto una fine anche peggiore di casa sua. C'erano i sigilli della polizia giudiziaria sulla porta. Dalla finestra vide che dentro non era rimasto più niente. Non c'era neppure il nome sul campanello – si erano portati via proprio tutto – e ora, ne era sicuro, da qualche parte qualcuno stava togliendo denti al posto suo. Viveva in un mondo di locuste.

"Anche tu qui per dentista?" Un africano alto due metri gli toccò la spalla con la mano bicolore.

"Sì," gli rispose, "me ne avevano parlato proprio bene."

"Bravo, sì, dicevano tutti."

"Ma è morto."

"Morto? Dentista morto?"

"È morto di tristezza. Sai cos'è la tristezza, tu?"

"Io pulito." Era diventato sospettoso, ma aveva un bel viso e muscoli enormi.

"Senti, bevi un caffè con me?"

Andarono in un bar. Offrì lui. La cameriera cinese gli sorrideva senza sosta. "Tu molto licco, molto geneloso con neglo," gli diceva. Quel giorno tutti parlavano come caricature di stranieri, uno scherzo che avevano organizzato alle sue spalle, una gigantesca montatura per festeggiare il suo ritorno tra i vivi.

"Da dove vieni?" chiese all'africano.

"Nigeria."

"E cosa fai qui?"

"Lavoro, vendo cose, sistemo affari. Voglio tornare al mio paese per matrimonio. Ho ragazza che mi aspetta là."

"Bene, un altro. Ma guarda che sposarsi non è mica una cosa bella, sai?"

"Tu uomo arrabbiato."

"Io uomo sposato."

Il nigeriano rise e rise anche la cinese che li ascoltava.

"Come ti chiami?" chiese alla ragazza.

"Domenica."

"Che razza di nome è? Non è cinese! Te lo sei scelto qui in Italia?"

La cinese annuì.

"Sei furbetta, tu. Neanche una erre. Brava. E il bar è tuo?"

"Di mio padle."

"Ma qui sei tu il capo, no? Comandi tu. Sai chi sono io? Io sono quello che fa diventare ricchi i baristi come te. Mi occupo di promozione, di marketing. Ti riempio il locale in una settimana. È la mia specialità." Frugò nel portafoglio alla ricerca di un biglietto da visita: trovò quello da avvocato, quello da dipendente delle Poste, e altri legati a identità che aveva rimosso. Gliene diede uno generico: Marco Baganis, la casella di posta, un numero di telefono. Gli piaceva quel nome, l'aveva letto in un libro che aveva trovato in metropolitana, dentro a una borsa abbandonata. C'era una dedica sulla prima pagina, *A Flaca, mio vero amore*, anche se, a dire il vero, il libro parlava di un uomo che era un po' un puttaniere, o almeno fino alla pagina che aveva letto lui. "Ce l'hai Internet? Sì? Quando vuoi diventare ricca, scrivimi una mail. Ti vengo a trovare. Vivi da sola?"

"Con flatelli, con mia madle e mio padle."

"Troppi. Potresti venire a trovarmi tu." Le fece l'occhiolino. Il nigeriano intanto si era stancato di rimanere là ad ascoltarlo: "Vado lavorare".

"Ciao bello, fatti sentire, mi raccomando. E mettiti un po' di crema solare, quando vai al sole, sembri un negro."

Rimase solo con Domenica che continuava a ridere e ad annuire. Dava l'impressione di non capire niente di quello che le stava dicendo. D'altro canto lo sapeva già che corteggiare le cinesi era un'impresa impossibile. Sembrava che non fossero a conoscenza del fatto che gli uomini e le donne... In effetti, la pornografia cinese era praticamente inesistente: da quel punto di vista, gli americani erano ancora una superpotenza senza rivali. Certo, c'erano le ragazze francesi, giovani e disinibite, e c'era l'Europa orientale che da qualche anno stava inondando il mondo con video di donne che erano indubbiamente bellissime ma che non riuscivano a scrollarsi di dosso quell'aria da badanti; i tedeschi, invece, così forti nell'industria pesante, nella chimica, nella siderurgia, per quanto riguardava il porno occupavano piccole nicchie super specializzate – pissing, fetish, fracking, fisting e torture a base di candele e catene, e orge dove enormi valchirie venivano glassate con lo sperma di centinaia di uomini incappucciati. Gli italiani, invece, non si erano mai liberati dall'inclinazione bucolica e un po' pecoreccia che si portavano dentro da secoli: romagnoli con braccialetti d'oro che non smettevano mai di parlare, pugliesi pelosi, mogli grasse e culone con il viso nascosto. A livello mondiale non se li cagava nessuno. Ma come li facevano, i figli, i cinesi? Erano quasi un miliardo e mezzo, non potevano essere *così* ingenui. Aveva il sospetto che facessero finta di sembrare tonti per non essere mai beccati, e ora che ci pensava in carcere non ce n'erano: pieno di marocchini, nigeriani, napoletani, gente dell'Est, ma neanche un cinese. Pure quando esercitava la professione di dentista, con loro non c'erano mai problemi: pagavano tutti i denti che lui riusciva a togliergli. Profilo basso, come gli inglesi ai tempi dell'impero. Ma sul discorso "sesso", come dire, erano un po' trattenuti.

"Ce l'hai il fidanzato? Ti porta mai da qualche parte? Come si chiamano le tue sorelle? Quanti anni hanno?"

Dopo un po' si stancò di parlare con la cinese. Prese un giornale da un tavolino. Era da un po' che non leggeva le notizie.

"Mi sono perso qualcosa, in questi mesi? Sono stato in Brasile per affari, sono tornato questo pomeriggio."

"Tutto come semple. Gente cattiva. Politici ladli."

In copertina c'era una foto di repertorio di Putin e Renzi che si stringevano la mano. Sembravano uno la brutta copia dell'altro. In un angolo, il resoconto di un viaggio di papa Francesco in Argentina. *Non fate la guerra, amatevi ogni giorno, lavatevi i piedi prima di andare a dormire, pregate per me* aveva detto nell'accorata omelia pronunciata in uno stadio gremito. La gente lo amava per la schiettezza e il buon senso, due qualità che erano mancate a tutti i papi precedenti, dai Borgia in poi (i Borgia *esclusi*): questo, ne aveva davvero per tutti. Girò un po' di pagine, saltò la politica internazionale, l'economia, l'ecologia, la cronaca rosa, lo sport, si fermò alla cronaca nera: delitti, rapine, stupri e tutti i sottoprodotti delle migrazioni planetarie... La foto di un gruppo di eritrei dentro a un negozio trasformato in dormitorio... La minaccia di un altro attentato. In prigione aveva conosciuto un rivoluzionario, un energumeno che aveva delle stalle in campagna, in Brianza. Un giorno aveva preso il camion e aveva bloccato l'autostrada per un intero pomeriggio. Erano dovuti intervenire i vigili del fuoco che con un'enorme fresa avevano fatto a fette il bilico messo di traverso. Protestava per un amico che si era dato fuoco dopo aver ricevuto una cartella di Equitalia da dodici milioni di euro – un errore di stampa, si era scoperto dopo, ma intanto il tizio era morto, un'agonia durata un mese. Aveva scambiato qualche parola con lo stalliere. Diceva che dalle sue parti si stavano organizzando per proclamare l'indipendenza nel giro di due o tre anni. Stavano scavando un enorme tunnel tra Aicurzio e Bernareggio e con la terra estratta avevano tirato su una collina alta un centinaio di metri, un panettone che si vedeva anche da Google. Sotto, era nascosta la loro base operativa...

"E com'è?" gli aveva chiesto.

"La sede? Non l'ho mai vista. Siamo suddivisi in compartimenti stagni. Ognuno vede il suo pezzettino. Così se arrestano uno, gli altri non corrono pericoli. Mi passi il sapone?"

"Eccolo. Tu però ti sei fatto beccare come un pollo..."

"Era una manovra diversiva, per coprire il lavoro sul tunnel. Li ho tenuti impegnati per un giorno."

"Capisco. Vi serve una mano?" Aveva preso a immaginare che, una volta uscito, gli sarebbero servite nuove prospettive.

"Tu cosa sai fare?"

"Posso procurarvi delle ruspe a metà prezzo."

"Facciamo tutto con pala e badile." Parlava sottovoce, e non era facile capirlo sotto lo scroscio della doccia.

"So organizzare eventi. Sommosse, rivolte. Ho lavorato in Sudamerica per qualche anno." Abbassò anche lui la voce, e assunse una faccia da congiura. "Poi i servizi segreti mi hanno scaricato. Ero diventato scomodo."

"Comunque, detto tra di noi, credo che l'unica strada per te sia quella delle rapine. Io non le so fare, ma c'è un tizio, qui, in carcere, che è un vero esperto."

"Come si chiama?"

"Non lo so, ma lo riconosci perché ha il tatuaggio di un codice a barre sul collo. Ha quasi finito di scontare la pena."

Avrebbe voluto saperne di più, ma non erano riusciti a finire quella conversazione: erano stati interrotti da un marocchino che li aveva sorpresi nelle docce e voleva a tutti costi incularsi uno dei due. Poi l'allevatore era stato scarcerato, e ora non riusciva a ricordare come si chiamava, qual era l'indirizzo mail che gli aveva dato. C'era anche il problema di recuperare una connessione, un telefono, qualcosa per leggere la posta, per accedere a Twitter, e vedere i nuovi profili che *Destiny* gli proponeva. Aveva voglia di una donna che si prendesse cura di lui, dei suoi bisogni. Era stufo di fare tutto da solo.

Uscì dal bar che era già buio: ora che il sole se ne era andato, il tepore primaverile del pomeriggio se n'era andato pure lui. Incrociò un gruppo di ragazze che correvano ridendo. Avevano tutte lo stesso zainetto, la stessa pettinatura, le stesse scarpe. Una di loro avrebbe potuto essere Elisa. Chissà poi come se l'erano cavata, il giorno in cui lui era sparito... Chissà, soprattutto, se si erano portate via il suo telefono o se l'avevano lasciato a casa, nel nido che ora apparteneva a Manolo e Manuelo, o come diavolo si chiamavano quei due messicani. I tram, intanto, sferragliavano nelle strade strette del centro facendo tremare i vetri sottili dei vecchi palazzi. Portavano di qua e di là donne e uomini di ogni tipo. In uno gli parve di riconoscere Lara, l'amante del dottor Živago, seduta accanto al finestrino, ignara del fatto che lui, moribondo, l'aveva riconosciuta e ora correva per poterla riabbracciare. Provò a seguirla per un centinaio di metri, sperando che lei si accorgesse di lui. Si arrese a un semaforo, senza fiato, mezzo morto. Gli tremavano le gambe. Piano piano si spostò verso lo sportello di una banca. Nel portafoglio c'erano due o tre bancomat, ma aveva ricordi piuttosto vaghi sui loro PIN. Provò con quello più familiare, ma al terzo tentativo sbagliato gli fu trattenuto. Non sapeva neppure se ci fosse ancora qualcosa, sui suoi conti. Doveva andare in filiale, parlare con il direttore, convincerlo a dargli un po' di soldi. Gli serviva per rimettersi in sesto, riprendere con un'attività, una qualsiasi. In tasca aveva dodici euro e un certificato che attestava il fatto che era appena uscito di prigione. Dalle parti della stazione c'era una mensa dei poveri. Guardò l'orologio: erano le otto e un quarto. Sarebbe arrivato prima delle nove, avrebbe mangiato qualcosa di caldo e magari avrebbe anche incontrato qualcuno con cui parlare: si vedeva già seduto, con il tovagliolo al collo, un cucchiaio pieno di brodo in mano, accanto a un vecchio ubriacone che gli raccontava la storia della sua vita tentando di trattenere la dentiera in bocca. Accelerò il passo, spinto dall'appetito e dal suo instancabile ottimismo – ignaro, come Lara sul tram, del proprio destino.

8.

"Pronto? Pronto?"

Dall'altra parte, dalla parte del numero privato che la stava chiamando, c'era qualcuno che cercava di dire qualcosa, ma non si capiva niente – colpi di tosse, borbottii, un lamento.

Ripeté: "Pronto?"

"Sono io."

Ebbe un tuffo al cuore. "Io chi?" disse, ma sapeva già chi era.

"Io, tuo marito..."

"Mio marito se ne è andato tanti anni fa."

"Marta, non... non volevo disturbare... ma il tram... dell'incidente... e questo..."

"Non si capisce niente."

"Ho avuto un problemino. Ho bisogno di un piccolo aiuto. Non so dove andare e non sto bene..."

Non lo aveva mai sentito piagnucolare. "Cos'è questa pagliacciata?"

Una volta tanto, però, era serio. Mezz'ora prima, a un centinaio di metri dalla stazione, si erano ripresentati i due pistoleri che a metà novembre lo avevano inseguito fino alla metro. Ora in testa avevano dei pomposi cappellini da posteggiatori, con il frontino e una specie di stemma luccicante al centro – sapevano adattarsi a ogni lavoro che richiedesse una certa determinazione nel convincere la gente. Un incontro casuale, di quelli che le grandi città organizzano intersecando strade con altre strade, percorsi di metropolitane con i tracciati degli autobus. Che bella sorpresa, avevano detto ridendo. Be', insomma, aveva pensato lui. Aveva provato a negare di essere se stesso ma non era servito a nulla: quelli continuavano a parlare dei soldi che lui doveva restituire a uno strozzino, e per far comprendere meglio l'urgenza della loro richiesta gli tiravano calci e pugni, insistendo soprattutto sul naso, sugli occhi e sui coglioni. Avevano anelli grossi e duri, e una meticolosità che se avessero applicato in altri campi, ad attività più nobili, come la scienza, la politica o la ristorazione, li avrebbe portati davvero in alto.

"Allora, ce li dai o no questi soldi?"

Voleva rispondere ma non gliene lasciavano il tempo. Erano domande retoriche.

"Dove li tieni nascosti, brutto pezzo di merda?"

"Io..."

"Niente ciance, tira fuori la grana." Era la giornata mondiale della parodia: prima il negro con i verbi all'infinito, poi la cinese e le sue erre, ora queste mezze tacche che parlavano come in un film sui gangster degli anni trenta.

"Ascoltate, io..."

"Ascoltiamo un cazzo, beccati questo," e bam, un cartone in mezzo agli occhi. L'avevano buttato a terra, disteso sul marciapiede; il più grosso dei due gli si era seduto sopra e mentre lo teneva bloccato gli tirava pugni in faccia, destro, sinistro, destro, sinistro, come se stesse nuotando; l'altro, intanto, si accaniva soprattutto sulle ginocchia, sulle caviglie, sulle parti dure. Le auto passavano a pochi metri, rallentavano per un semaforo che lampeggiava più in là, e poi ripartivano, sapendo bene che non era il caso di fermarsi. Un bambino, seduto sul sedile posteriore di una lunghissima station wagon, lo salutò agitando la piccola mano: lo vide attraverso la patina rossa che gli stava scendendo sugli occhi. Era convinto che, da fuori, quella scena avesse un qualche valore estetico, una composizione drammatica in stile caravaggesco.

Alla fine trovarono un accordo ragionevole: allo scadere della terza settimana, lui avrebbe restituito tutto, interessi compresi; se non lo avesse fatto, loro gli avrebbero tagliato il cazzo e glielo avrebbero fatto mangiare. Quando se ne andarono, soddisfatti, lui impiegò cinque minuti a rimettersi in piedi. Cosa aveva, ancora, e cosa non aveva più? Il naso. Lo toccò. Era una palla gonfia di sangue. Denti a posto. Costole: male. Occhi pesti. Taglio profondo sullo zigomo destro. Cosa c'era dietro? Le clavicole? Le vertebre? I reni? Dolore ovunque. Lo avevano triturato per bene. In mensa, lo sapeva, non facevano entrare gente in quello stato: chiamavano un'ambulanza, ti convincevano al ricovero in ospedale, e poi ti mandavano in un centro di accoglienza per uno o due mesi. In prigione, però, ci era appena stato; ora, gli sarebbe piaciuto girare un po'. Non era mai stato all'estero – un amico gli aveva detto che la Svizzera era molto bella, e lui amava l'ordine, le siepi curate, i praticelli sempre rasati a pelo, i semafori sincronizzati. A Lugano c'era anche un lago, il lago di Lugano gli pareva di ricordare: il pomeriggio, intorno alle cinque, avrebbe potuto noleggiare una barchetta a remi e farsi un giro, magari con una svizzera appena conosciuta, una Heidi allo stato adulto. E la sua amica in carrozzella? Per quanto si sforzasse, non riusciva a ricordare come si chiamava, e neppure se alla fine, all'ultima puntata, si era alzata e aveva ripreso a camminare, oppure era rimasta seduta per sempre. A quei tempi, nell'Ottocento, c'era la poliomielite, le cadute da cavallo, le meningiti... Ora, botte da orbi. L'importante era che le sue gambe si muovessero: si muovevano. Anche il braccio sinistro non presentava grossi problemi. Ma era stanco, aveva bisogno di distendersi per una mezza giornata, senza che qualcuno continuasse a chiedergli cosa era successo. Poi avrebbe iniziato a cercare il modo di scappare, o di recuperare i soldi, o di trovare qualcuno che gli desse una mano quando i due tizi sarebbero tornati. Aveva fatto il servizio civile, da giovane, ma non era obbligato a essere pacifista per tutta la vita.

Il numero di Marta lo sapeva a memoria. Trascinandosi verso la stazione, aveva ritrovato il nigeriano con il quale era andato al bar nel pomeriggio, o comunque uno che gli somigliava parecchio, e gli aveva chiesto di prestargli il telefono.

"Pronto? Pronto?"

"Sono io..."

Durante la chiacchierata si era quasi commosso: sua moglie aveva una fiducia illimitata nel genere umano. La vita senza tutte quelle persone buone sarebbe stata impossibile: agguati, vendette, l'usura, i ricatti. Un inferno. Marta invece era sempre stata disposta a dargli un po' di credito. Una brava persona, come ormai non se ne trovavano più in giro.

"Di cosa hai bisogno?"

"Mi serve un posto dove dormire questa notte. Ho avuto un incidente, sono finito sotto un tram. Mi sono fatto molto male."

"Come cavolo hai fatto a finire sotto un tram?"

"Ma niente... c'era una bambina... si è allontanata da sua madre ed è andata in mezzo alla strada... l'avrebbe fatto chiunque."

"Sei serio?"

"Come potrei mentire su una cosa così?"

"Sei andato all'ospedale?"

"Ci sono passato, ma me ne sono andato. Hanno portato un nigeriano con l'ebola. Gli usciva sangue dagli occhi. Uno spettacolo orribile, povero ragazzo."

"Ma come l'ebola? A Milano?"

"Dicevano che era una semplice influenza ma gli infermieri indossavano quegli scafandri da palombari, ti pare?" Marta era terrorizzata dalle malattie contagiose. "Sono scappato subito. Non sono mica scemo."

"Dopo tutti questi anni che non ti sei mai fatto sentire... Perché hai chiamato proprio me?"

"Perché... perché..." Avrebbe voluto dire *perché ti amo ancora* ma aveva paura che lei non ci cascasse; e d'altra parte, non poteva neanche dirle che doveva recuperare il telefono da Elisa, e che non aveva una casa dove andare. "Perché ti voglio bene, Marta, e so che tu ne vuoi a me. Siamo stati sposati per così tanto tempo, abbiamo condiviso i momenti più belli della nostra vita... Se non dovessi farcela, non vorrei andarmene senza aver salutato te e le nostre piccole un'ultima volta."

Un'ora dopo era nel piccolo salotto di quella che, per pochi anni, era stata anche casa sua. Dalla finestra, che un tempo si affacciava su una specie di savana padana, si vedeva un campo di rom incastrato tra condomini alti venti piani: roulotte, panni stesi, fuochi per la sera, lamiere tutto intorno. Una ragazzina vestita di bianco danzava vicino alle fiamme, da sola; un vecchietto insegnava a un bambino alto un metro a suonare il violino. Bella gente, gli zingari. Rubavano di qua e di là, ma sapevano vivere.

Le pareti che dividevano l'appartamento dagli altri, disposti lungo tre dei suoi quattro lati, erano così sottili che un giorno dal bagno aveva sentito la vicina che si tagliava le unghie. Qualche anno prima la proprietà dell'appartamento era passata tutta a Marta – una scelta che aveva imposto lei, con la forza, quando lui aveva iniziato a perdere sempre più soldi con le scommesse. Si era arrabbiato parecchio, ma con il senno di poi doveva ammettere che Marta aveva avuto ragione. Faceva ragionamenti semplici, molto concreti. Era un po' fissata con certe cose – l'educazione delle figlie, le verdure, la morale – ma aveva una bella solidità.

Elisa era fuori. Lucia lo aveva salutato sulla porta, quando era arrivato, e poi era tornata in cucina a scrivere qualcosa su un quaderno. "È la più brava della classe..." gli aveva detto Marta sottovoce, perché lei non lo sentisse. Ancora con quella storia, pensò, ancora quel cervello misterioso venuto da chissà dove, da chissà chi. Possibile che un genio fosse arrivato a scoparsi Marta?

"Dove è andata Elisa?"

"Fuori con le amiche."

Dalla cucina Lucia disse: "C'è anche il suo fidanzato". Lui sbirciò dentro. Sul tavolo, accanto ai quaderni, c'era Ciacci, il gatto strabico che avevano portato a casa sua, tanti mesi prima. "Come sta? Si è ripreso?" le chiese dalla porta.

"Da cosa?" chiese Marta.

"Non so, mi pareva messo male quando lo hanno portato da me. Aveva gli occhi storti. Girava per la casa come un sonnambulo."

"Ciacci sta benissimo," disse Marta con tono seccato.

"Come preferisci. Cos'è questo buon profumo?"

"Sto preparando un minestrone. Vai a lavarti le mani, il bagno è dove l'hai lasciato. Tra mezz'ora è pronto."

Lui vagò un po' per la casa, cercando di recuperare qualche ricordo. Aveva sentito dire che la nostalgia è uno dei sentimenti più struggenti; se era vero, allora lui lì non ci aveva mai vissuto. Sulle piastrelle del bagno, ad esempio, era disegnata una fantasia astratta che non gli diceva nulla. C'era sempre stata o era una novità di quegli ultimi anni? Gli asciugamani, invece, avevano sempre lo stesso odore di pulito, ed era sempre stato un mistero come quella donna piccolina – un po' grassa, certo, ma comunque di dimensioni ridotte – riuscisse a fare tutte le cose che faceva, e con quella efficienza. Non succedeva mai che lui la cogliesse in fallo: la polvere, la cesta della roba sporca e il mucchio delle cose da stirare, la tavoletta del cesso, la carta igienica che stava per finire, le cene, le colazioni, le lenzuola, lo yogurt fatto in casa, il pane... teneva ogni cosa sotto controllo, e senza sforzo. Anche i conti in ordine: sapeva sempre quanto aveva in tasca, quanto aveva in banca, quanto poteva spendere quel giorno, quel mese, quell'anno. Le bollette, l'assicurazione, le rate condominiali non la sorprendevano mai – conosceva tutto in anticipo. Ma non era semplice viverle accanto. C'era una regola per ogni cosa, e questo, tutto sommato, poteva anche andargli bene; il problema era che lui non era mai riuscito a capire quali erano, queste regole, e lei non aveva mai manifestato l'intenzione di illustrargliele. Dietro a quell'organizzazione così meticolosa doveva esserci per forza un piano molto articolato, una visione consapevole delle dinamiche della vita in comune, una specie di Costituzione della Casa; solo che non c'era modo di avere accesso a quel *corpus* legislativo: o lui ci arrivava da solo, o non aveva senso che capisse. Era questo il succo del ragionamento di Marta, che era una brava donna, affettuosa, a tratti amorevole, ma che forse aveva la segreta ambizione di trasformarlo in una donna. Anche sull'igiene avevano idee diverse. Quando vivevano insieme, lei lo rimproverava per l'odore del suo corpo; lui le diceva che non poteva passare il giorno a lavarsi; e allora lei rispondeva immancabilmente: "Ok, ma un minimo...!". Il problema vero, il nocciolo delle loro divergenze, era la quantificazione di questo *minimo*, che compariva in quasi tutti i rimproveri: un minimo di ordine, un minimo di silenzio, un minimo di pulizia della casa, un minimo di rispetto per le esigenze degli altri. Perché alla fine la pensavano allo stesso modo: era solo una questione di capire quanto valeva quel *minimo*, e di quanto fosse importante (importante per lei) il rispetto di quel limite. Formalmente, se ne era andato di casa almeno due volte, ma di fatto era stato cacciato dal regime donnesco al quale non era riuscito ad adeguarsi.

Sbirciò anche nelle camere, e nel ripostiglio: solo scarpe da donna e da bambina. Bene. Non c'erano uomini nei paraggi. In cucina, dove Marta stava assaggiando il minestrone, parlò un po' con Lucia: "Ho dato un'occhiata alla tua cameretta. Chi è la vecchia cinese che c'è sul poster?".

"Non è vecchia, papà. È anziana."

"Be', in quella foto avrà cent'anni."

"È Tu Youyou. Sai chi è?"

"No. Dovrei saperlo?"

"Ha vinto il Nobel nel 2015. Da giovane aveva scoperto come sconfiggere la malaria. Davvero non la conosci?"

"Non frequento quell'ambiente. Di solito le bambine della tua età attaccano delle principesse, alle pareti della loro camera, o dei principi."

"Sì, credo di sì, ma è un genere che non mi piace molto, quello delle fiabe."

"Non ti piace sognare?"

"Mi piace molto sognare. In camera tua, nella tua casa, avevi un quadro di un bosco. Ti piacciono i boschi?"

Aveva trovato quell'acquerello vicino a un cassonetto delle immondizie, dalle parti dello studio dentistico. Non si era chiesto se gli piaceva: aveva un buco sul muro, una voragine aperta da qualche fanatico del trapano vissuto a casa sua prima di lui, e il quadro sarebbe stato perfetto. Quando era piccolo i suoi si ostinavano a comprare delle croste in uno studio d'arte il cui titolare, anni dopo, era finito in prigione. C'era qualcosa di ottocentesco, in quella moda di appendere quadri alle pareti.

"No, non mi piacciono i boschi. Preferisco le città."

"Ma ora perché non sei più a casa tua?"

"Sto aspettando che venga sistemata. Si è rotto un tubo dell'acqua, al piano di sopra, e si è rovinato tutto il soffitto...

Una famiglia di negri ha spostato la vasca da bagno in salotto. Ti rendi conto?" Marta lo guardava scuotendo la testa: tutte quelle bugie a una bambina così piccola, per il solo gusto del raccontarle.

"Ma dimmi," chiese di nuovo a Lucia, "non ti sembra che il letto della mamma sia troppo grande per dormirci da sola?"

Marta si girò di scatto e lo fulminò con lo sguardo. "Adesso basta!"

Lucia rispose comunque, senza alzare gli occhi dal quaderno: "Lei sta comoda così". Lui sbirciò quello che lei stava scrivendo: interminabili sequenze di numeri.

"Sono i tuoi compiti?"

"No, papà, è un mio passatempo. Sto scrivendo tutte le potenze dall'uno al mille."

"E perché lo stai facendo?"

"Mi piace immaginare il numero successivo un attimo prima di calcolarlo. Mi piace la regolarità. Vedi, adesso sono arrivata al numero 865. Il suo quadrato è 748.225. Il prossimo numero è l'866. Secondo te quando fa 866 alla seconda?"

"Un milione?"

"Sbagliato. Fa 749.556. Ci sono delle regole che i numeri rispettano. Tutte le potenze di numeri che finiscono per sei finiscono anche loro per sei, come tutte quelle del quattro: se prendi un numero che finisce per quattro e ne calcoli il quadrato, ottieni un numero che finisce per sei. Da quel punto in poi, ogni quadrato di questi quadrati finirà per sei. Se prendi quelli che finiscono per otto, ottieni un quadrato che finisce per quattro, che se lo elevi alla seconda finisce per sei, eccetera eccetera. Guarda, questo è lo schema." Gli mise sotto gli occhi un foglio dove aveva costruito una specie di grafico incomprensibile. "Ti spiego. Le potenze successive di numeri che finiscono per uno finiscono sempre per uno, così come quelle del cinque finiscono sempre per cinque. Quelle del tre finiscono per nove, il cui quadrato finisce per uno e quindi rientri nel primo caso. Quelle del due finiscono per quattro, che finiscono per sei e quindi rientrano nel caso del sei. Quelle dell'otto finiscono per quattro. Quindi: uno fa uno; due, invece, sei; tre uno; e quattro sei, cinque cinque; poi sei sei sette uno; otto sei e nove uno. E zero sempre zero. Tutti i pari alla fine arrivano al sei: il quattro e il sei in un passaggio, il due e l'otto in due. Tutti i dispari tranne il cinque finiscono nell'uno. Nessuna potenza finisce per due, per tre o per sette. Ti piace?"

Lui guardò Lucia negli occhi per qualche secondo. Cosa frullava dentro quel cervello? Non era tanto la complessità di quel ragionamento che lo stupiva, quanto la sua assurdità e la sua totale inutilità. Quella piccola parlava di numeri come altre persone discorrevano di amore o di animali, con lo stesso interesse. Aveva il poster di una vecchia, nella sua camera, e il suo hobby era scrivere numeri su un quaderno. Che razza di adulta poteva produrre, un'infanzia passata in quel modo?

Poco dopo arrivò Elisa, che fu sorpresa di vederlo.

"Cosa ti è successo?" Aveva ancora la macchina fotografica al collo: forse aveva rinunciato a cercare il bambino con le orecchie a sventola.

"Un incidente in tram, ma tutto bene."

"Papà ha salvato una bambina che stava morendo," disse Lucia ma Elisa, che aveva già maturato lo stesso scetticismo della madre per le storie che lui raccontava, fece finta di non aver sentito. Era quello il problema dei genitori costretti ad andarsene di casa: venivano calunniati dalla mattina alla sera, per ripicca, per una meschina sete di vendetta. Gli sarebbero serviti anni per recuperare la fiducia perduta. Intanto la cena era pronta. Mentre Lucia formava delle splendide rose con i tovaglioli, Elisa apparecchiava la tavola, e i piatti che disponeva lungo i quattro lati, sbeccati ai bordi, con una fantasia sbiadita di fiori al centro, erano uguali a quelli sui quali aveva mangiato anche lui tanti anni prima, in quella stessa stanza; e allora gli venne in mente una cena qualsiasi, forse la somma di tante altre, con una versione minuscola di Lucia infilata nel seggiolone (lo stesso sguardo affilato) ed Elisa che la imboccava – Elisa che allora aveva l'età di Lucia adesso, ma che sembrava più grande, quasi una mamma, per le cure che riservava alla sorella, e allo stesso tempo più bambina, con la sua passione sconfinata per Winnie the Pooh, l'ingenuo amore per suo padre, certi interminabili capricci. E in quella cena del passato c'era anche Marta, ai margini del campo visivo, girata verso i fornelli, impegnata a preparare la cena per tutti, mescolando, spadellando sotto la cappa, illuminata dalle fiamme azzurrine del gas, intenta a garantire il giusto apporto di vitamine e proteine, e calcio, e ferro... silenziosa, paziente, buona. Era quella la nostalgia, quel bruciore agli occhi, quel sapore dolce e amaro di minestra che sentiva in bocca?

"Sentite, ragazze, che ne dite se brindiamo al mio ritorno?" Tirò fuori da un sacchetto che nessuno aveva notato una bottiglia di spumante, e la stappò: Lucia alzò subito il bicchiere, senza esitare. Elisa ci pensò un po' su ma poi cedette. Marta rimase immobile, con lo sguardo fisso su di lui.

9.

Dormì sul divano – lo stesso sul quale lei, tanti anni prima, era costretta a cercare rifugio da lui. Alle sette di mattina iniziò un viavai dal bagno, e poi il borbottio dalla cucina – la caffettiera, il latte uscito dal pentolino, il plin! del vaso di vetro dei biscotti, i discorsi assonnati – che non lo lasciarono in pace fino alle otto, quando uscirono tutte. Si trasferì in camera da letto e si distese in quello che era stato il suo posto. C'erano ancora due cuscini, uno per lato. Nessuna delle donne divorziate che conosceva (e ne aveva conosciute parecchie) aveva mai rinunciato all'idea che prima o poi qualcuno avrebbe occupato il posto lasciato libero dal marito. E a dire il vero, ora che ci pensava, anche quelle che non erano mai state sposate, anche le zitelle più incallite, si costruivano quel talamo nuziale, come se un letto così grande non fosse una conseguenza del matrimonio ma lo spazio naturale nel quale dormono gli adulti. Chissà se Marta era rimasta fedele alla propria metà o se col tempo si era impossessata anche del suo lato... Aprì il cassetto del comodino che un giorno era stato suo: c'erano solo un pezzo di carta bianco e una matita. Guardò meglio. Cinque centesimi. Nel cassetto del comodino di Marta, invece, c'erano fazzoletti di stoffa, un termometro, una scatola di Tachipirina, un santino della Madonna. *Veglia su di noi* c'era scritto dietro, una formula magica semplice e sincera che però richiedeva l'esistenza di divinità interessate alla sorte della povera gente. Solo in quel condominio c'erano almeno cinquanta famiglie; dalla finestra della camera si vedevano decine di palazzi identici che si ammassavano verso est, verso la città. Tendendo l'orecchio, si poteva udire il lamento sommesso che si levava da quelle case – la richiesta di una modesta salvezza, di una generica protezione contro il male del mondo. Alzando gli occhi al cielo, però, si vedeva solo la cappa di nuvole che da giorni sostava sopra di loro. Gli sembrava impossibile che un Dio, uno qualsiasi, perfino uno con la faccia dolce della Madonna del santino, sapesse dell'esistenza di quella parte di mondo, ignorata anche in terra. Non ci arrivavano nemmeno gli autobus: a nessuno era mai venuto in mente di collegare quella periferia con la città. La fermata della metropolitana più vicina era a quattro chilometri, così ci si doveva arrangiare con quello che si aveva – motorini rubati, macchine strausate, i piedi; e quando ci si avvicinava troppo al centro, allora scattavano le telecamere delle ZTL.

In cucina buttò giù un po' di caffè che era avanzato. Aveva male in ogni parte del corpo – quei due tizi avevano colpito duro, in modo del tutto sproporzionato rispetto ai soldi di cui si stava parlando. Valeva così poco, la sua vita? Avrebbe potuto chiedere un prestito a qualche strozzino che ancora non conosceva uno dei suoi innumerevoli nomi, e poi sparire... Oppure convincere Marta, che magari aveva qualche risparmio da parte. O suo padre, che era in punto di morte, e che sapeva di esserlo, e che quindi avrebbe potuto anticipargli qualcosa dell'eredità, una donazione in vita. Ma non correva buon sangue tra loro, da sempre: era ancora un bambino che già avevano smesso di parlarsi da un pezzo. Un tipo strano, suo padre. Non sopportava i bambini, diceva, e poi, una volta che i bambini erano cresciuti, non poteva vedere i ragazzi, con le loro sciocche convinzioni, e poi i giovani uomini e le loro utopie, e perfino gli uomini della sua età mezzi falliti che avevano la colpa di essere suoi figli.

Nel frigo c'era una sottiletta solitaria. Era sempre così parsimoniosa, Marta... Da come erano vestite le ragazze, da come aveva razionato il pane a cena era probabile che non avesse un euro in banca; però possedeva quell'appartamento e se lei lo avesse venduto avrebbe potuto ricavarci un gruzzoletto... Si sarebbe potuta comprare un appartamento un po' più fuori, in campagna – tanto nel giro di qualche anno la città sarebbe arrivata fino a là – e con il resto lui avrebbe sistemato quel debituccio. Con un po' di fortuna sarebbe avanzato qualcosa per una vacanzina con le figlie, che erano bianche come cadaveri; poi, senza quei banditi alle calcagna, avrebbe riaperto uno studio dentistico, e un dentino alla volta avrebbe restituito il suo debito alla moglie: come strozzina, Marta non sembrava particolarmente minacciosa, gli avrebbe dato tempo. Magari potevano tornare a convivere, per risparmiare un po' sulle bollette. Ora che ci pensava, tecnicamente non avevano mai divorziato. Mangiò la sottiletta. Mancavano venti giorni all'appuntamento con i due pugili suonati. Il cielo nuvoloso come se fosse ancora novembre. La vicina di casa aveva ripreso a tagliarsi le unghie. Un merlo si appoggiò al balcone, fiutò qualcosa nell'aria e se ne volò via. Lui si infilò il giaccone e uscì di casa.

Nella settimana successiva girò in lungo e in largo per la città, sperando di trovare qualcuno che potesse aiutarlo: niente. Non aveva mai avuto amici, ma tanti creditori che ora non volevano più saperne di lui. La sua reputazione era compromessa. Le provò tutte, perfino la banca, ma non lo fecero neppure entrare – il direttore della filiale lo aveva intravisto attraverso una finestra e aveva bloccato le porte, minacciando di chiamare la polizia. Preferiva il direttore che c'era prima, un tizio molto elegante che si era suicidato mettendo la testa sui binari del treno... Gli sembrava impossibile che qualcuno decidesse di anticipare la fine: la morte era il problema, non la soluzione. Un giorno su una rivista aveva trovato un grafico che illustrava le pulsioni dell'essere umano: amore, desiderio, dolore, paura della morte. Mancavano i soldi, in quella figura, mentre c'erano tante cose che non c'entravano. Anzi, volendo arrivare al nocciolo della questione, bastava questo: soldi da una parte, e niente soldi dall'altra. Dai soldi discendevano il desiderio e l'amore; dalla loro assenza, dolore e morte. In quel particolare momento della sua vita, la bilancia pendeva dalla parte sbagliata.

Una mattina si tagliò la barba e si sistemò un po' i capelli con una forbice. Sperava che un aspetto diverso gli avrebbe aperto nuove porte. Si stampò dei nuovi biglietti da visita – Federico De Paolis, ingegnere – e si infilò in una di quelle agenzie in cui prestano soldi legalmente. La ragazza era gentile, e lo avrebbe aiutato, se solo avesse potuto, ma senza una dichiarazione dei redditi, senza una busta paga, senza uno che gli facesse da garante... Con il vecchio computer di Elisa cercò di capire quanto sarebbe stato complicato compilare un finto 730, un 730 rassicurante, solido, convincente. C'era un sito albanese che per qualche spicciolo ne creava di completi, ma in un forum aveva scoperto che non sarebbe bastato – l'incrocio con una qualsiasi banca dati lo avrebbe smascherato. Pareva che una qualche congiura impedisse a lui, e solo a lui, di fottere il sistema.

Intanto a casa la vita scorreva come sempre: lui dormiva sul divano, nonostante ogni giorno provasse a convincere Marta a riaccoglierlo nel talamo nuziale; le ragazze andavano a scuola, e il pomeriggio Lucia faceva i compiti, o riempiva i suoi quaderni di numeri, mentre Elisa stava spesso fuori – da un'amica, diceva, o in giro a fare foto. Sembrava imbarazzata dalla sua presenza. In bagno dava due giri di chiave e metteva un asciugamano davanti alla serratura per impedirgli di spiarla. Non si cambiava mai in camera, e aveva svuotato il cassetto delle sue mutande, nascondendole chissà dove. Non si fidava di lui, evidentemente. Ma anche se era sospettosa, gli sembrava una ragazza in gamba. Una sera raccontò di essersi iscritta a un concorso di fotografia patrocinato dalla Presidenza del Consiglio, e di aver passato la prima selezione. La giuria era popolare: poteva votare chiunque.

"Foto di che tipo?" aveva chiesto lui mentre si tagliava una fetta di formaggio sotto gli occhi da geometra di Marta.

"È un concorso sul ventunesimo secolo."

Ognuno coltivava i propri hobby. Anche Marta doveva averne uno, perché a metà settimana era uscita di casa senza cenare ed era tornata a mezzanotte. Provò a interrogarla per capire dove diavolo avesse passato tutte quelle ore, ma lei resistette, nonostante avesse iniziato a mostrare, da qualche giorno, segni di cedimento nei suoi confronti. Forse voleva che le figlie avessero un padre, e lui, tutto sommato, era disposto a farlo, se questo gli avrebbe consentito di arrivare a una qualche soluzione.

In effetti, Marta aveva parlato proprio di questo con Tiziana, una delle sue vecchie compagne di classe. Era andata a trovarla a casa – viveva da sola, quella donna, in un appartamentino di quaranta metri quadrati, cella di un alveare umano alto venti piani e largo quattro scale. Le aveva preparato una cena vegana, biologica e salutista – seitan, tofu, fagioli, verdure biologiche crude, niente burro, niente sale, niente vino. Erano ritornate alla preistoria. Mangiarono in dieci minuti e poi si spostarono sul divano del salotto, a un metro dal tavolo della cucina, davanti al televisore acceso, proprio sotto il letto a soppalco sul quale lei ogni sera si ritirava. Parlarono della rimpatriata di qualche mese prima, e Tiziana continuava a ripetere che dovevano rifarla il prima possibile, *perché era stata benissimo*, aveva detto all'inizio, e poi *perché non riusciva più a sopportare la solitudine alla quale il suo ex marito l'aveva condannata*, aveva detto verso la fine della serata, quando la stanchezza le aveva tolto ogni inibizione.

"Almeno tu hai le figlie..." continuava a ripeterle l'amica, fissandola con i suoi occhi un po' storti, e lei non aveva potuto negare che avesse ragione. Anche se non aveva il coraggio di pensarlo ad alta voce, credeva che certe cose non succedessero per caso. Un po' alla volta, riuscì a portare il discorso sul ritorno dell'ex marito. Doveva mandarlo via o era giusto consentirgli di costruire un rapporto solido e continuo con Elisa e Lucia?

"Caccialo subito, non vi merita." Tiziana era perentoria: la muoveva un'acredine verso gli uomini maturata nel corso degli anni.

"Penso alle mie figlie, al fatto che non hanno mai avuto un padre. Lucia, specialmente, lo cerca, gli parla come se non l'avesse mai abbandonata. E lui le dà retta, ci scherza."

"È furbo, vuole insinuarsi di nuovo nella tua famiglia. Usa le figlie come un cavallo di Troia. Rischiate di fare la fine dei troiani."

"Ma perché dovrebbe provarci? Non l'ho cacciato di casa, se ne è andato via contento. La famiglia non fa per lui. Se ha dei secondi fini, e non lo escludo, non riguardano noi."

"Magari è rimasto solo. Magari la baldracca con la quale se la spassava lo ha mollato. Gli uomini non smettono mai di considerare le ex mogli come qualcosa di loro proprietà. Tornano, si prendono quello che vogliono, e poi se ne vanno di nuovo, e non pensano alle macerie che si lasciano dietro." Lo diceva parlando in generale, ma era chiaro che quella era la storia della sua vita: in bagno aveva contato due spazzolini, nel bicchiere davanti allo specchio, e un rasoio, e nascosta dietro un asciugamano una bottiglietta di dopobarba.

"Lui sa bene che con me non funziona. Non ha nessuna possibilità, da questo punto di vista."

“Mandalo da uno psicologo, che si schiarisca un po’ le idee.”

Verso le dieci Tiziana tirò fuori dal frigo un dolce che sembrava sabbia impastata con il fango. Ne mangiarono un cubetto a testa, masticando a tutta forza per un quarto d’ora, poi passarono ai biscotti che aveva portato Marta – una scatola di danesi al burro. Tiziana, dopo averne mangiati una decina, fu presa dal buon umore: ora rideva a crepapelle per ogni cosa. Intanto alla televisione andava in onda un programma in cui un dottore spiegava come nascevano le ragadi anali e cosa si poteva fare per guarirle. Dal piano di sopra arrivava il pianto stanco di un bambino piccolo; da quello sotto, le urla di una coppia di arabi che si prendeva a sberle. Oltre la finestra si vedeva il cielo illuminato dai lampioni della città, giallo come l’oro. Si salutarono abbracciandosi.

A casa, cercò di capire meglio quale sarebbe stata la cosa giusta da fare. I sentimenti verso il suo ex marito erano ben definiti: pena, pietà, un briciolo di rancore, e l’antica tentazione di volerlo salvare. Sapeva bene che non c’erano grandi speranze, al riguardo; eppure, ancora una volta, non se la sentiva di staccarlo definitivamente da Elisa e Lucia. Quell’uomo aveva finito per credere di essere davvero una persona senza alcuna qualità, e si era messo comodo, in quel ruolo. Ma riguardando gli anni che avevano passato insieme, riusciva sempre a rintracciare due o tre episodi marginali in cui lui si era tradito, dimostrando un senso di responsabilità che non avrebbe mai ammesso di avere. Come accade per la maggior parte delle persone cattive, anche lui non aveva mai ricevuto la fiducia di nessuno. Alla fine dovette riconoscere che Tiziana aveva ragione, uno psicologo avrebbe potuto dare una mano. L’avrebbe costretto a tirare fuori qualcosa, a guardarsi in faccia.

Nei giorni successivi Fabio la invitò a cena, ma lei dovette dirgli di no, perché non voleva lasciare le figlie da sole con l'ex marito per la seconda volta in una settimana; lui si dispiacque – forse avvertiva, per esperienze pregresse, che in quella vita che ora lo riguardava stava succedendo qualcosa, e lei iniziò a convincersi che avrebbe dovuto parlargli della situazione che si era venuta a creare, cercando le parole giuste affinché quella storia non venisse fraintesa. L'ex marito, intanto, continuava a uscire e a rientrare come se fosse a casa sua. A cena intratteneva le figlie con storie che parevano inventate dal barone di Münchhausen... Una volta gli si erano rotti i freni della macchina mentre scendeva da Cortina d'Ampezzo, e si era dovuto buttare fuori in corsa, rotolando lungo una scarpata alta duecento metri... un giorno aveva mangiato una sacher decorata con delle note musicali di glassa e dopo averla digerita era riuscito a suonare quel motivetto scoreggiando. E poi bla bla bla, per ore e ore. Aveva una fantasia priva di freni, che non serviva a nulla: gli piaceva mentire per il gusto di stupire, di strappare un sorriso o un briciolo di attenzione. A volte lo sentiva parlare con il gatto, e mentiva pure a lui, che lo guardava con i suoi occhietti storti, facendo le fusa. Elisa non credeva a una parola di quello che diceva, ma sembrava dispiaciuta di non riuscire a sospendere la propria incredulità almeno per un momento; Lucia, invece, si divertiva a correggere le incongruenze di quei racconti ponendo una serie interminabile di domande: che note c'erano sulla torta? Quante ore aveva impiegato per digerirla? Una volta sistemati quei dettagli, credeva a tutto.

E un giorno alla volta, una cena dopo l'altra, passò una settimana intera, senza che lui si avvicinasse alla soluzione di quel suo problema che mescolava finanza e urologia. Elisa aveva passato tutti i pomeriggi fuori, e la maggior parte delle serate davanti al pc a sistemare le sue foto; Lucia aveva preso 11 in una verifica di matematica; e Marta aveva portato a casa una specie di dépliant con gli orari dell'ambulatorio di psicologia della ASL.

“Credo che questo potrebbe aiutarti,” gli aveva detto passandogli il foglio, senza farsi vedere dalle figlie. Per un attimo lui aveva pensato che avesse trovato un acquirente per l’appartamento, in un gesto di spontanea generosità. “Sono gli orari del consultorio. Penso che tu abbia bisogno di essere aiutato a ritrovare un equilibrio.” Ci aveva già provato, quando erano più giovani, a mandarlo a farsi dare un’occhiata, ma allora non era riuscito a convincerlo, perché lei non aveva nulla da offrirgli in cambio.

“Sai, per la prima volta nella mia vita sento di essere a un punto di svolta. Ho commesso tanti sbagli, in questi anni, e ora tu mi stai offrendo la possibilità di essere una persona diversa, migliore. Ti ringrazio, per questo. Ti ringrazio per avermi accolto con tanta disponibilità a casa tua” – anche se, a dire il vero, quella era di nuovo sua, almeno da un punto di vista morale – “e per prenderti cura di me.” Andò avanti a ringraziarla per un altro quarto d’ora, cercando di cogliere, nel suo sguardo, una crepa nella quale infilarsi.

10.

Accettò di andare dallo psicologo, perché per le famiglie povere come la loro era gratis: esercitava in un centro di igiene mentale, un mostruoso cubo di cemento armato in grado di prostrare il morale di chiunque. Mancavano due settimane al taglio del suo uccello (un evento nel quale Freud avrebbe intravisto un simbolismo piuttosto evidente) e, poiché la sua situazione finanziaria non stava migliorando, doveva continuare ad assecondare Marta, sperando che nel frattempo succedesse qualcosa. La mattina si svegliò di buon'ora e fece colazione con la famiglia. Poi, dopo una doccia, salutò tutti e uscì di casa per primo. Camminò per quattro chilometri, fino alla metropolitana. A metà strada accese il telefono. Durante i mesi passati in carcere il suo cellulare era rimasto nelle mani di Elisa, e non escludeva che la diffidenza di quella ragazza nei suoi confronti dipendesse da certe informazioni personali che aveva trovato là dentro... Qualcuno avrebbe dovuto spiegarle che anche gli adulti hanno desideri – che aspirare alla felicità non è un'esclusiva delle sedicenni. Cambiava solo la strada per raggiungerla. Per un uomo della sua età, l'estetica, la morale, l'ortodossia sessuale, l'amore avevano perso il loro appeal perché erano valori ad alto mantenimento, che imponevano un sacco di rinunce in cambio di soddisfazioni impalpabili. A mano a mano che la vita si accorciava, servivano piaceri di più facile comprensione. Diede un'occhiata a *Destiny*: con il tempo le notifiche si erano rarefatte – probabilmente l'algoritmo tendeva a premiare gli assidui frequentatori della piattaforma. Ma lui era stato assente per cause di forza maggiore, e proprio per quella distanza obbligata ora aveva un umiliante bisogno di affetto e tenerezza: non ne aveva mai sentito così forte il desiderio. Sfogliò i profili che gli erano stati segnalati, e non trovò nulla che lo interessasse. Era stufo dei ragazzini, e in ogni caso non aveva soldi per pagarli: girava con in tasca cinque euro che aveva trovato nel cassetto del comodino di Lucia. Fortunatamente nel menu principale di *Destiny* c'era una nuova sezione – si chiamava *Spicy*, e l'accesso era riservato agli iscritti maggiorenni. Dietro quella app c'era gente pragmatica. Ci entrò. Era il girone dei lussuriosi, dove non si faceva neppure finta di cercare l'amore della propria vita per farsi una scopatina. Gente franca, diretta, sincera. C'erano uomini in cerca di donne, uomini in cerca di coppie, uomini che cercavano transessuali che cercavano altri transessuali, scambisti che cercavano altri scambisti... C'erano anche le foto esplicite, nella maggior parte dei casi del tutto improbabili, ma se sotto c'era scritto "coppia reale", allora lei era grassa, o lui aveva l'uccello piccolo. Avrebbe dovuto tirare dentro Marta, le donne in carne come la sua avevano qualche estimatore, specialmente tra i meridionali; ma era sempre stata contraria a quel genere di cose. Non era una donna inibita ma era fissata con l'estasi amorosa. Quando andavano a letto insieme, tanti anni prima, viaggiavano su binari paralleli – lui tutto intento a spremere il massimo del piacere dalle tette, dal culo, dai buchi umidi che il corpo di Marta gli offriva; lei con gli occhi chiusi, rapita da qualcosa che lui, in quella stanza, nel loro letto, non era mai riuscito a vedere. Niente scambi con altre coppie, quindi: non aveva nulla da scambiare. Si sarebbe dovuto arrangiare cercando tra le proposte di nicchia, quelle che nessuno prendeva in considerazione. La meno rivoltante era di una coppia sulla settantina, che poteva coinvolgere un amico ventenne e servizievole. Si richiedeva una bisessualità marcata e un certo stomaco – la donna aveva subìto un incidente d'auto, che le aveva sfigurato il viso e portato via entrambe le gambe, dal ginocchio in giù. Mandò un messaggio e ricevette subito una risposta: erano interessati e, poiché erano in pensione, liberi da subito. Non aveva mai visto dal vivo una donna con i moncherini ma era sicuro che, per quanto raccapricciante fosse quello spettacolo, sarebbe stato meglio di certi suoi compagni di prigione, bestioni pelosi che ti si attaccavano addosso e non ti mollavano più. D'altra parte anche Paul McCartney, con tutti i soldi che aveva, si era sposato una modella con una gamba di legno – un motivo doveva pur esserci. E mentre lui si dirigeva verso l'appuntamento, domandandosi se quella mattina si era cambiato le mutande, e fantasticando sul ruolo che avrebbe giocato il ventenne servizievole nell'imminente lotta dei corpi, Marta percorreva il sottosuolo della città in una direzione diversa: aveva chiamato Fabio, proponendogli di vedersi in mattinata, approfittando del turno libero di lei, e della flessibilità degli orari di lui, che lavorava all'Università. Durante i primi giorni della loro relazione aveva stilato mentalmente un elenco di tutto quello che avrebbe e non avrebbe fatto, degli errori che non avrebbe più commesso, e tra le varie regole se ne era imposta una alla quale non intendeva sgarrare per alcun motivo: "La verità a ogni costo".

"Amore," gli disse quando furono l'uno davanti all'altra, nel piccolo bar di una stazione della metropolitana, "questa settimana è successa una cosa che voglio condividere con te... Non è una cosa che ti farà piacere, ma posso assicurarti che la situazione è sotto controllo. Il mio ex marito, te ne ho parlato, ti ho detto il male che ci ha fatto, la leggerezza con la quale ci ha lasciate, sta passando un brutto periodo. Qualcuno l'ha picchiato, e credo si sia infilato in un guaio, o che ne sia uscito da poco. Si è presentato a casa mia una settimana fa, con la faccia piena di sangue, e lividi ovunque. Non me la sono sentita di buttarlo fuori. C'erano anche Lucia ed Elisa. Ho scoperto che mentre io e te eravamo in montagna, loro hanno dormito da lui, e non me lo avevano detto. Non lo vedevano da un sacco di tempo, e penso che questo abbia risvegliato un sentimento che avevano tenuto nascosto... Tutto questo non ha niente a che fare con me. Io per lui non provo niente. Solo tanta pena per il padre delle mie figlie... Ora sta dormendo da noi, in salotto, sul divano. Non serve che io te lo dica, ma te lo voglio dire: da parte mia non sta ricevendo alcuna confidenza. Oggi l'ho convinto ad andare da uno psicologo con la speranza che si dia una sistemata. Gli do tempo un mese e poi gli dirò che non sono in grado di mantenere anche lui..."

"Non guadagna abbastanza?"

"No, non ha più un lavoro. Prima non so cosa facesse, ma si manteneva, aveva un appartamento. Lucia mi ha detto che la sua casa era malmessa, ma non era per strada. Non lo sentivo da anni, non sapevo neppure dove fosse. È stata Elisa a proporre di andare da lui. Sapeva dove abitava, e questo mi ha colpita, perché loro due, Elisa e suo padre, non sono mai stati in contatto. Quindi ora non me la sento di cacciarlo così, su due piedi. Voglio che inizi a ricostruire un legame con le sue figlie, che non hanno mai avuto un padre, senza che questo modifichi la mia vita... Riesci a capirmi?"

Fabio continuava a girare il cucchiaino del caffè nella tazzina vuota, staccando i cristalli anneriti di zucchero dal fondo, e alzava raramente lo sguardo, e subito lo riabbassava; ma capiva, capiva bene ogni cosa. Sembrava ferito, come se avesse già sentito altre volte quel genere di discorso, e sapesse dove portava, alla fine: il marito che si reinsedia a casa, che si riprende la moglie, le figlie, la vita che aveva lasciato...

"Ho paura che questa situazione presenti dei rischi..." Il tono della voce era sempre composto ma questa volta Marta avvertiva una lieve incrinatura.

"In che senso? Pensi possa essere pericoloso?"

"Lui è stato tuo marito, e questo significa sicuramente qualcosa."

"Per me non significa nulla. Non è stato il *grande amore della mia vita.*" Fece il gesto delle virgolette nell'aria.

"Be', ma hai vissuto con lui per dieci anni, ci hai fatto due figlie... Non è una presenza marginale."

"È successo tutto per caso. E poi se ne è andato, e non l'ho più cercato. Ho mandato avanti la mia famiglia senza di lui, e ho preferito questa fatica tremenda all'idea di averlo ancora in casa."

"Adesso, però, è tornato."

"In un momento particolare della sua vita, per un periodo limitato, e senza che tutto questo assomigli in nessun modo a un nuovo inizio," e mentre lo diceva non poteva non pensare alla storia di Dario e Daria. Avrebbe dovuto raccontare anche questo, a Fabio?

"Sei sicura che invece lui non la veda in modo diverso?"

"Io non so cosa pensa lui... So quello che provo io. So che i miei sentimenti sono incompatibili con lui. Io amo te, ma non c'è solo questo: io non amo lui, non lo amerei mai, non vorrei mai ricominciare una vita con lui." Guardava Fabio negli occhi. Ancora non si capacitava che un uomo come lui avesse scelto una donna come lei. Li separava tutto: lui insegnava all'Università, lei lavorava in un discount come cassiera; lui viveva in una casa vicino al centro di Milano, lei infilata in un buco di appartamento con due figlie e un gatto, ai margini della città; non avevano alcun amico in comune, e non avrebbero potuto averne. Vivevano in mondi opposti, eppure si erano innamorati l'uno dell'altra – un evento che pareva impossibile, e necessario, a entrambi.

"Che obblighi hai, nei suoi confronti? Mi hai parlato di lui come di un mostro, come di uno che vi ha rovinato la vita, e ora questo qui torna, suona il tuo campanello, e tu lo fai entrare, gli prepari la cena, gli dai un posto per dormire... Si lava lui i vestiti?"

"Cosa c'entra?"

"Chi gli lava i vestiti?"

"La lavatrice. Ha tre cose in croce."

"Chi riempie la lavatrice?"

"Questo non significa nulla. È casa mia, e sono io che decido cosa entra nella lavatrice e cosa no. Se lascio fare a lui, nel giro di due giorni avrei tutta la biancheria celeste. A un ospite gli faresti lavare la sua roba?"

"Ma lui non è un ospite! È l'uomo che hai sposato e che ora torna a casa!"

"È il padre delle mie figlie."

"Non le merita, le ha abbandonate."

"Eppure loro gli vogliono bene, in modo naturale. Lo chiamano papà."

"E quindi cosa vuoi fare? Tenerlo da te per sempre?"

"No, te l'ho già detto... Non voglio buttarlo sulla strada perché le mie figlie non me lo perdonerebbero. Ha passato tutta la settimana a cercare un nuovo lavoro. Appena lo trova, se ne va."

"E pensi che lo troverà?"

"Se non lo trova, tra un mese gli dirò che non posso mantenerlo. E le mie figlie capiranno."

"Non voglio entrare nelle vostre vite, o intromettermi tra te e le tue figlie... Però ho paura che le cose non andranno come credi. Lo stai sottovalutando – stai sottovalutando la sua forza di persuasione, i suoi trucchi..."

"Non lo conosci... Come fai a dirlo?"

"Perché la vostra storia si è basata su questo. Pensa a come sono andate le cose, pensa a tutte le volte che hai accettato da lui qualcosa che non avresti dovuto accettare. Come ci è riuscito? Mi hai detto che dopo Elisa lui se ne era andato. Ma allora come è nata Lucia?"

"Lucia è una storia a parte."

"E anche questa sarà una storia a parte?"

"Questa non sarà una storia. Punto."

"Lui adesso dov'è?"

"Dallo psicologo."

Ma questo era ciò che credeva lei: in realtà lui si trovava dall'altra parte di quell'enorme frittata che era la città vista dall'alto e stava mangiando una brioche in un bar. Era esausto. Il round con i due pensionati con schiavo al seguito lo aveva disintegrato. Aveva perso anche la seduta dallo psicologo, ma tutto sommato ne era valsa la pena. La signora Pistorius possedeva un fascino misterioso e sinistro. Aveva imparato a camminare sui suoi moncherini, ed era veloce come un furetto; in piedi (se così si poteva dire) era alta un metro e venti, il che forniva una nuova prospettiva a certe pratiche di gruppo. La cicatrice sulla faccia era abominevole ma nella penombra della camera da letto era del tutto irrilevante che faccia avesse. Per il resto, routine: bocche, sessi da tutte le parti, un frustino agitato nel vuoto a beneficio di un'immaginaria coreografia, le manette di plastica, gli umori, e poi il dilagare di una spossatezza quasi esistenziale. Prese un'altra brioche e iniziò a sfogliare la timeline di Twitter. Eva Lovia stava perdendo un po' del suo smalto: nelle ultime foto sembrava invecchiata, seria, culona. La ragazza della porta accanto era diventata improvvisamente la moglie del vicino. Si capiva che non si divertiva più come all'inizio – era entrata nella fase in cui il porno era ormai un lavoro come tutti gli altri, con cartellini da timbrare, gli straordinari e la tirannia del plusvalore. Nel giro di qualche anno (meno di quanto lei avrebbe sperato) sarebbe scivolata nel girone delle MILF – la tassonomia della pornografia era tanto rigorosa quanto implacabile – e avrebbe partecipato a film in cui recitava la parte della madre che insegnava l'arte del pompino alla figlia tonta; e il passaggio lo incuriosiva perché avrebbe avuto la possibilità di seguire quella trasformazione dal vivo, giorno dopo giorno, in una lunghissima diretta. Era un reality suo malgrado, quella vita pubblica. E mentre guardava quelle foto tutte uguali, ricevette la notifica di un nuovo follower. La foto del profilo non gli diceva niente, ma i tweet pubblicati gli ricordarono certi discorsi fatti in prigione. Non era improbabile che qualche ex compagno di cella lo avesse trovato: il nome falso che aveva su Twitter, Carlo Franco, era lo stesso con cui si era presentato in carcere. Seguì il follower a sua volta e iniziarono così a messaggiarsi in privato.

"Sei tu?" gli chiese il tizio.

"Tu chi?"

"Due o tre mesi fa, chiacchiere sotto la doccia, interrotti da marocchino." Era poco dopo Natale. Bei tempi.

"Ok, sono io."

"Felice di sapere che sei uscito. Ci prendiamo un caffè?"

Gli faceva piacere aver ritrovato lo stalliere brianzolo che aveva bloccato il traffico per protesta.

Decisero di vedersi in periferia. Prese di nuovo la metro, sgomitando con un gruppo di suore che volevano entrare a tutti i costi, fece una ventina di fermate e scese. Fuori, il panorama era tutto edifici aziendali e strade dissestate. Stavano facendo lavori dei quali non si intravedeva la fine. Al bar lo riconobbe subito. Si era dato una sistemata, ma aveva conservato il faccione da contadino; la voce, invece, gli era diventata triste.

Gli venne incontro, dondolando sulle sue gambe storte, gli tese la mano e strinse la sua con un vigore un po' disperato. "Mi hanno scaricato."

"Chi?"

"Quelli che lavoravano per cambiare le cose. Ora che

non ho più la fedina penale pulita, sono diventato scomodo. Vogliono mantenere un profilo basso, rimanere nell'ombra. Io mi sono esposto troppo per i loro gusti, hanno paura che qualcuno mi segua, che mi controlli il telefono, che aspetti un mio passo falso. Non girarti. Dietro di noi c'è un uomo che sono convinto di aver visto in un altro bar questa mattina. Aveva una giacca più chiara e un paio di baffi scuri, ma sono quasi sicuro che è lui." Si guardava intorno come se fosse davvero braccato, ma chi avrebbe perso del tempo dietro quell'omone dalla faccia buona? Cercò di cambiare discorso.

"E al lavoro tutto bene? Avevi delle stalle, se non ricordo male."

"Va come sempre. Mucche, tasse, mucche. Avrei bisogno di più soldi."

"Ne sto cercando anch'io. Settantamila." Quella storia era iniziata con diecimila euro; ne aveva restituiti sette; i tre che avanzavano erano diventati nove, ne aveva restituiti cinque e i quattro che avanzavano erano diventati quindici – una specie di mutuo alla francese, una cosa da banche, con la differenza che questi al posto delle mail e degli avvocati avevano mazze chiodate e scagnozzi brutti e feroci. "Ho due settimane di tempo per trovarli. Poi..." e si passò il pollice lungo il collo, da sinistra a destra, in una specie di sineddoche – la parte per il tutto. Era un peccato constatare come la spensieratezza del carcere avesse lasciato il posto alla tristezza dei vecchi che si chiedono se la pensione basterà per arrivare alla fine del mese.

"Settantamila sono tanti. Io ho iniziato a giocare a carte. Piccole cifre, ma qualcosa si tira su."

"Dove?"

"Qui vicino. Se vuoi ci andiamo."

In tutti quegli anni non aveva mai preso in considerazione il gioco delle carte: aveva scommesso sui cavalli, sulle partite di calcio, sulle elezioni, sui cani (due o tre volte, poi basta: ne era rimasto disgustato), ma le carte mai. Non si fidava dei giocatori – quasi sempre troppo scaltri per lui. Si spostarono di una fermata. Lo stalliere continuava a guardarsi le spalle ma l'uomo senza i baffi era sparito. Altro bar. Caffè con la sambuca. Due o tre parole in codice – marmellata, merlo, denti. Il barista fece un cenno con la testa e li accompagnò di sotto, in cantina; spostò un armadio e dietro c'era una porta; la aprì, e dentro c'era una bisca. Fumavano tutti. Su ogni tavolo, una bottiglia di grappa. A occhio c'erano una trentina di persone, silenziose come se fossero mute. Seguì lo stalliere a un tavolo ma quando si sedette disse "Io guardo", perché non aveva soldi da puntare.

"Chi è questo?" chiese, indicandolo, uno dei giocatori, un sessantenne secco con una mano finta (era la giornata mondiale delle protesi) e mezza faccia paralizzata.

"Tranquillo, è pulito" – il che voleva dire, sostanzialmente, che non lo era affatto e che quindi ci si poteva fidare di lui. Il vecchio lo guardò di traverso e poi si avvicinò le carte al petto, per tenerle più nascoste. Iniziarono a giocare. Nel giro di dieci minuti lo stalliere perse trecento euro, e si ritirò. Non era portato per il gioco d'azzardo: aveva un viso trasparente sul quale le emozioni si disegnavano con precisione. Non avrebbe mai potuto vincere, e sembrava rassegnato, come se quella perdita facesse parte del suo destino.

"Andiamo?" gli chiese con gli occhi bovini.

"Se non ti dispiace, io rimango qui ancora un po'." Due tavoli più in là, infatti, tra la caligine del fumo, aveva intravisto un uomo con un codice a barre tatuato sul collo.

11.

Dopo aver parlato con Fabio, Marta tornò a casa a preparare la cena – erano le undici di mattina, ma quel giorno avrebbe avuto il turno lungo del pomeriggio, e voleva che le sue figlie trovassero qualcosa di buono anche per la sera. Mentre era in metro, ricevette una mail dalla Presidenza del Consiglio: Elisa aveva passato anche la seconda selezione del concorso fotografico sul ventunesimo secolo. Dopo una serie di complimenti per il risultato raggiunto, le veniva spiegato che il prossimo passo sarebbe stato la determinazione dei tre finalisti, che avrebbero poi partecipato alla cerimonia di premiazione del vincitore. Il montepremi era di trentamila euro: quindici al primo classificato, dieci al secondo, cinque al terzo. Se Elisa avesse vinto – non sarebbe mai successo, ma se avesse vinto –, Marta avrebbe messo quei soldi da parte per quando le sue ragazze sarebbero state un po' più grandi e avrebbero avuto bisogno di un sostegno economico per inseguire i loro sogni. Elisa aveva davvero talento con la macchina fotografica, ma era un'autodidatta: un corso avrebbe potuto darle gli strumenti per provare a intraprendere una carriera in quel settore. Se poi Lucia avesse mantenuto le promesse, sarebbe potuta andare alla Normale di Pisa (gli insegnanti ne parlavano già adesso che aveva solo otto anni come qualcosa di inevitabile), e diventare la scienziata che sognava di essere... A volte anche lei sognava a occhi aperti: la vedeva a Stoccolma, già vecchietta, ma uguale alla bambina di adesso, che andava a ritirare il Nobel dalle mani del re. Si domandava quale fosse il segreto della sua intelligenza: una curiosa combinazione di cromosomi, o c'era qualcosa, nell'ambiente in cui era cresciuta, in quell'appartamento, in quel quartiere ai margini della città, che aveva fornito gli stimoli giusti? Da ragazza si era appassionata leggendo le biografie delle sorelle Brontë, di Jane Austen, di Emily Dickinson – donne nate in famiglie ordinarie, cresciute in mondi del tutto convenzionali, che erano riuscite a creare opere straordinarie. Ma anche se Lucia non avesse raggiunto quei vertici, anche se Elisa si fosse limitata a coltivare l'arte della fotografia come un hobby dal quale trarre qualche soddisfazione ogni tanto, pregava che non dovessero vivere, un giorno, una vita simile alla sua, lavoratrice senza soldi, madre senza un marito... A dire il vero, un marito ce l'aveva, solo che era sempre stato impegnato a fare altro.

In quel preciso momento, ad esempio, era tutto preso dallo sforzo di presentarsi all'uomo con il codice a barre sul collo.

"Piacere, Marco Baganis." Aveva scelto di usare uno dei suoi nomi meno compromessi.

"Ci conosciamo?"

"Credo di no, ma ho sentito parlare di te. Ho sentito parlare *bene* di te."

L'uomo, che aveva due o tre denti di acciaio, una catena di acciaio al collo, un bracciale di acciaio al polso, una serie di anelli d'acciaio infilati su una decina di dita tozze grosse come tenaglie, lo guardava da una certa distanza. Doveva essere di natura sospettosa.

"Cosa vuoi?"

Abbassò la voce: "Lavorare con te. Sono disposto a tutto.

Ho esperienza. Sono uscito una settimana fa". Lo zigomo ancora tumefatto gli dava un po' di credibilità in più.

"Capisco," disse l'uomo. Gli altri giocatori erano concentrati sulle loro carte, ma avevano facce poco rassicuranti. "E come mai sei disposto a tutto?"

"Devo dei soldi a qualcuno e ho una famiglia a cui devo badare. Sono con le spalle al muro."

"I soldi sono una brutta cosa, quando non li hai. Ma c'è una fila lunga fino a Bergamo, di gente con le spalle al muro che deve soldi a qualcuno."

"Io ho una famiglia, non posso mollare. Sono costretto ad andare fino in fondo, se capisci cosa intendo dire."

"Cosa sai fare?"

"Tutto quello che serve."

L'uomo smise di ascoltarlo e riprese a giocare. Durante la partita, si rivolse al giocatore davanti a lui: "Alle poste?".

"Tutto ok."

"Totale?"

"Venti."

"Per?"

"Quattro."

"Macchine?"

"Pulite."

"Bene."

Stava capendo bene? Una rapina?

"Mettimi alla prova," gli disse sottovoce. Era una preghiera piena di disperazione.

L'uomo si schiarì la voce. "Tra mezz'ora fatti trovare qui fuori, davanti al bar. Lavoretto da cento euro. Vediamo come te la cavi."

Lo aspettò per un'ora. C'era il sole, ma si era alzato un vento gelido che spingeva delle nuvole enormi da una parte all'altra del cielo, come una mandria di mucche bianche e grasse. Davanti a lui, in una specie di autostrada che si infilava nel cuore della città, passavano auto sporche di pioggia. Poi finalmente l'uomo arrivò.

"Come hai detto che ti chiami?"

"Marco."

"Giusto, Marco. E poi?"

"Marco Baganis. L'accento sulla seconda A. Lo sbagliano in tanti."

"Il tuo amico mi ha detto un altro nome."

"In prigione ne avevo dato uno falso. Non mi piace espormi."

"E Baganis è quello vero?"

"Sì sì," e poiché l'altro stava zitto, aggiunse: "Abbastanza" e tirò su le spalle, come a dire che in fondo non era una cosa importante.

"Sembri un tipo per bene – un ragioniere, un impiegato, una cosa del genere. Guardati. Non ho mai visto uno con il cappotto, dalle mie parti. Hai la riga in mezzo ai jeans. Dai l'idea di essere uno che a casa fuma la pipa con una coperta sulle gambe. Come sei finito qui? Che cosa hai combinato?"

"Errori di gioventù", ma in realtà era stata la mezza età a fregarlo. Aveva sottovalutato il caso, o forse aveva sbagliato a sopravvalutarlo, a credere che tendesse a sistemare le cose, in un modo o nell'altro. La vita era un sistema non lineare – l'aveva letto su un giornale scientifico che il dentista, quello che poi era sparito in Brasile, gli aveva dato per pulire i vetri dello studio: piccole variazioni delle condizioni iniziali portano a risultati imprevedibili. C'erano anche gli esempi, se ne ricordava giusto uno: cade una foglia, si sposta dell'aria, e poi, due o tremila conseguenze dopo, un uomo muore e un altro vince il Superenalotto. La trama della vita non era una linea ma un grumo di punti, semicerchi, trapezi scaleni e rette parallele.

L'uomo gli tese la manona: "Elvis". Nonostante il luccichio dei denti di ferro, aveva un sorriso buono, come se tutto il male in cui era sempre vissuto gli fosse scivolato addosso senza insozzarlo, senza ferirlo.

Camminarono per un chilometro e mezzo, uno dietro l'altro. Lui teneva fisso il suo sguardo sul codice a barre, che vedeva di striscio sul lato destro del collo. Sentiva addosso un freddo da azoto liquido. Si fermarono davanti a una cartoleria. La vetrina era desolata: qualche astuccio, due compassi, quaderni sparsi.

"Bene, siamo arrivati. Dobbiamo fare una chiacchierata con il signore qui dentro."

L'uomo dietro il bancone, un sessantenne grigio e gobbo, trasalì. C'erano una mamma e un bambino che stavano comprando dei quaderni. Elvis gli fece un cenno per dire di fare con calma, che avrebbero aspettato – non volevano metterlo in imbarazzo con i clienti. Quando i due uscirono, Elvis chiuse a chiave la porta della cartoleria e girò il cartello con gli orari – TORNO SUBITO, c'era scritto. "Ci accomodiamo?" disse al vecchio indicando il retrobottega. Poi, lì dietro, era stato come quando faceva il dentista, ma un po' più cruento, un po' più rumoroso. Quando uscirono, sei o sette minuti dopo, lasciarono il cartello girato, per dare il tempo al cartolaio di rimettersi in piedi e darsi una pettinata. Mentre si allontanavano, Elvis si accese una sigaretta guardandolo con curiosità. Gli diede cento euro.

"Te li sei meritati."

"Senti, per quella cosa di cui parlavate al tavolo... Tu e gli altri? Ecco, posso dare una mano."

"A fare cosa?"

"La... la rapina."

"La rapina? Quale rapina?"

"La rapina alle poste, ne parlavate prima."

"Mi dispiace, hai capito male. E in ogni caso, l'hanno già fatta la scorsa settimana."

"E non c'è nient'altro in programma?"

“Se sento qualcosa ti faccio uno squillo, va bene?” Gli ficcò uno di quei ditoni nel petto: “Sai, non credevo che un tipo come te avesse tutta quella rabbia, dentro. L’hai quasi ammazzato di sberle. Sembrava che i soldi li dovesse a te”.

“Non so, mi è venuto così.” Voleva fare bella figura, essere sicuro che quello si sarebbe ricordato di lui, prima o poi. “Chiamami presto. Chiamami prima che facciano fuori me.”

Se ne andò con i cento euro in tasca e le mani che gli tremavano.

Con i soldi si comprò un po’ di mutande, cinque canottiere e tanti calzini. Dai pensionati aveva fatto una brutta figura, con la biancheria piena di macchie. Marta lesinava sul detersivo, sulla candeggina, sull’ammorbidente. Aveva il sospetto che lo stesse sabotando. Quando le aveva detto che non serviva che gli stirasse i vestiti, non pensava che lei lo avrebbe preso così tanto sul serio; ma si accaniva sui jeans, ai quali faceva la riga in mezzo.

Tornando a casa – erano ormai le sette – si fermò in una pizzeria da asporto a prendere quattro pizze. Cosa mangiavano, quelle donne che riempivano la sua casa? Marta, che avrebbe voluto essere una salutista, in realtà mangiava qualsiasi cosa le si mettesse sul piatto, ma di nascosto; Elisa gli era sembrata più schizzinosa, specialmente con i cibi puzzolenti come le cipolle, il gorgonzola, l’aglio. Lucia amava il piccante e a otto anni aveva già una lingua d’amianto: intingeva i cracker in un olio al peperoncino che si era preparata da sola tra un quaderno di numeri e l’altro, contro il parere di sua madre. Aveva provato ad assaggiarlo: magma. Sui cibi un po’ più raffinati – il brie, i porcini, la rucola, i gamberetti – non era riuscito a farsi un’idea. In quella casa c’era una frugalità da frati francescani a cui lui non era abituato. Perfino la sua cacca era cambiata: ora si presentava sotto forma di palline dure e grigie come il pongo, e del tutto inodori. E quindi, con le pizze, era il caso di osare o doveva mantenere il profilo proletario imposto da Marta? Scelse una via di mezzo – due capricciose e due margherite con le acciughe. Quando arrivò a casa erano già fredde; e comunque c'era solo Lucia.

"Che fine hanno fatto le altre?"

"Mamma ha il turno lungo, torna alle nove. Elisa è fuori."

"Tu hai finito i compiti?"

"Sì, tutti. Ora stavo leggendo i fumetti."

"I tuoi quaderni come stanno andando?"

"Vorrei iniziarne uno nuovo. La maestra mi ha insegnato a calcolare le radici quadrate di quadrati non perfetti. Vorrei arrivare a calcolare la radice di due fino alla centesima cifra. Vuoi che ti insegni?"

"Lo so già fare, grazie."

"Lo sai che riesco a calcolare il valore di pi greco lanciando una moneta?"

"Mi stai prendendo in giro?"

"Per niente. Prendi un foglio di carta millimetrata e ci disegni un cerchio in mezzo, con il raggio di dieci centimetri. Poi lanci la moneta, crei delle coppie di numeri binari e le usi come coordinate di un punto nel foglio. Lo segni con la matita, capito?"

"Non tanto."

"Poi ripeti la cosa per qualche centinaio di volte e alla fine conti quanti punti sono caduti dentro il cerchio e quanti fuori dal cerchio. Fai una divisione, e hai pi greco, che è il numero che ti serve per calcolare l'area di un cerchio. Se aumenti i tiri, puoi essere più preciso. Ti piace questo trucco?" Dava l'impressione di passare i suoi giorni così, quella bambina: in cucina a lanciare monete per trovare un numero che una calcolatrice avrebbe tirato fuori in un nanosecondo.

"Mi sembra un lavoraccio," le disse.

Lei si fermò un attimo a pensare. Poi, guardandolo diritto negli occhi, con un'espressione fragile e curiosa: "Papà, ma tu che lavoro fai adesso?".

"Facevo il dentista, ti ricordi? Ma è caduto un meteorite sul mio studio, qualche giorno fa, e ho dovuto smettere. Ora mi piacerebbe mettermi in affari nel settore delle cartolerie – sai, temperini, quaderni, compassi. Sono stufo di togliere denti."

Lucia appoggiò la mano su quella di lui. "Papà, non voglio che ti dispiaci ma devo dirti che tra poco la carta sparirà."

"Dici?"

"Ci sono troppi computer."

"Nel frattempo possiamo mangiarci la pizza?"

"Certo, papà."

Lucia aveva una magrezza da campo di concentramento, e una faccia da roditore – gli incisivi come due palette, gli occhi grandi e sempre vigili. Non si poteva dire che fosse una bella bambina (la fronte che conteneva tutta quella intelligenza era troppo grande, e le labbra erano troppo sottili) ma aveva qualcosa che la rendeva comunque interessante. Non era semplice immaginare come sarebbe cresciuta; a differenza di Elisa, che già a due anni sembrava un'adulta, Lucia dava l'impressione di essere una creatura senza tempo, vecchia e piccola contemporaneamente.

"Da grande cosa vorresti fare?"

"La dottoressa. La ricercatrice. Mi piacerebbe inventare una medicina contro la paura di morire."

"Che ne sai tu della paura di morire? Non sei piccolina per queste cose?"

"Ce l'hanno tutti. Tu non hai paura?"

I due tizi che lo aspettavano al varco avevano ridotto sensibilmente il suo orizzonte temporale: non riusciva neppure a immaginarsi vecchio. Una cosa alla volta. "Ogni tanto."

"Forse con la mia medicina non ce l'avresti più. Inventerei anche qualcosa per i tuoi capelli."

"Che cosa hanno i miei capelli che non va?"

"Niente, papà. È che sembrano pelo. Se a te piacciono, però, vanno bene così."

Dopo un po' arrivò Elisa. Misero la sua pizza in forno e poi le fecero compagnia mentre la mangiava. Era stata a una mostra di pittura, quadri dell'impressionismo italiano.

"È nuovo quel buco all'orecchio?"

"Sette anni fa."

"Che buffo, non l'avevo mai notato." Si guardò le mani. C'era una crosta di sangue secco, che si tolse con la forchetta.

Alle nove e mezza arrivò anche Marta, che rifiutò la pizza un po' sdegnata – in frigo c'era la minestra che aveva preparato per la cena, e che nessuno aveva preso in considerazione.

"Non potete mangiare sempre cose secche. Diventerete stitiche," disse mentre metteva il pentolone sul fuoco.

Elisa finì la pizza e andò in camera. Lucia rimase là con loro, a guardarli mentre parlavano, nel caso ci fosse qualcosa da imparare.

"Come è andata dallo psicologo?"

"Molto bene, direi. Una seduta intensa. Stiamo esplorando la mia sessualità."

Marta gli lanciò un'occhiataccia e indicò Lucia. "Quando devi tornarci?"

"Lunedì." Andava bene lunedì? Gli sembrava una cosa sensata.

"Stai cercando un lavoro?"

"Certo, ma non è facile trovare qualcosa per uno della mia età. Dovrei mettermi in proprio. Mi piacerebbe aprire una cartoleria."

"E perché non lo fai?"

"Serve un capitale iniziale. Però poi avrei qualcosa da lasciare a loro due." Lucia sorrise con i suoi dentoni.

"Hai provato ad andare in banca?" Lo trattava come se lui fosse una persona seria.

“Sì, le ho girate tutte.”

“E cosa dicono?”

“Che loro i soldi me li presterebbero, ma servono le garanzie. E io non ho niente.”

“Garanzie di che tipo?”

“Le solite. Un patrimonio, una casa...”

“Ma hai già visto la cartoleria o è un’idea campata in aria?”

“Ce n’è una dall’altra parte della città.”

“Quanto chiedono?”

“Settantamila. Ma è un’occasione. Prendere o lasciare. Ci sono altri che la vogliono.”

“Un lavoro che non richiede un investimento proprio non si trova?”

“Pare di no.”

“Hai provato a sentire tuo padre?”

Continuarono a parlare di soldi e banche per un’altra mezz’ora. Lui sperava che lei capisse, e che per amore delle figlie facesse valere la solidità di quella casa che lui qualche anno prima tanto generosamente le aveva ceduto; ma non c’era verso, Marta aveva una diffidenza contadina – viveva in città da almeno vent’anni eppure non si era mai scrollata di dosso tutti i vizi di quelli nati in campagna: la parsimonia, il sospetto, il calcolo. Lucia ogni tanto chiedeva cosa fossero i tassi di interesse, la rendita fondiaria, la nuda proprietà, l’usucapione, l’enfiteusi, e Marta sfogliava Wikipedia in cerca della definizione migliore e poi gliela leggeva, scandendo ogni parola, assicurandosi che capisse tutto. Presto sarebbe diventata il suo avvocato, ne era certo, e allora lui non avrebbe più avuto alcuna speranza di fregarla.

Più tardi, quando ormai erano andati tutti a letto, lui intravide Marta andare in cucina, e la sentì trafficare con piatti e forchette per un po’. Il giorno dopo la pizza, rifiutata con disprezzo la sera prima, era sparita.

12.

Nei giorni successivi le cose tra Fabio e Marta si complicarono. Anche se lui diceva di non essere geloso, tollerava a fatica la presenza di quell'uomo in casa; lei insisteva nel dire che si trattava di una situazione temporanea – spiacevole, lo ammetteva, ma gestita nel modo corretto, e quindi priva di ogni ambiguità. Il loro rapporto, iniziato all'insegna del romanticismo e della leggerezza, si era impelagato in un pantano di incomprensioni, recriminazioni e incertezze, e la dolcezza delle domande dei primi mesi – dove avrebbero vissuto? che rapporto ci sarebbe stato tra Fabio e le figlie di Marta? si sarebbero sposati? – sembrava ormai lontana. Ora l'unica domanda era: come potevano parlare di futuro se non era chiaro cosa fosse il presente? Marta raccontò a Elisa di quell'uomo di cui era innamorata, ma lei non la prese molto bene – sembrava infastidita dal fatto che sua madre avesse una vita sentimentale; a Lucia non disse nulla: sembrava troppo innamorata del padre per capire. Aveva anche accennato al suo ex marito che lei non sarebbe stata in grado di mantenerlo ancora per molto, e lui non aveva avuto nulla da obiettare; tuttavia non le sembrava che stesse facendo qualcosa di concreto per risolvere il suo problema.

In realtà lui ci stava davvero provando in tutti i modi. Elvis, l'uomo del codice a barre, gli aveva passato qualche altro lavoretto, che lui aveva eseguito alla perfezione, ma non si era ancora presentata l'occasione buona, quella che lo avrebbe tirato fuori dai guai. Girò per la città in lungo e in largo. Tornò nello studio dentistico per capire se in qualche modo potesse riprenderne il possesso: avevano tolto i sigilli della polizia, e dentro degli operai stavano imbiancando.

"Sapete dove si è spostato il dentista che lavorava qui?"

I tizi, tutti romeni, non lo sapevano.

"E cosa aprirà?"

"Un centro massaggi."

Era il piacere che mandava avanti tutto – nel trascinare l'economia era una forza superiore perfino al dolore.

Ricontattò lo stalliere via Twitter. Il gioco delle carte lo stava rovinando, gli confidò. Ora si era rivolto a dei tizi che prestavano soldi a chi ne aveva bisogno. Presto, pensò lui, sarebbero diventati colleghi. Si iscrisse a Linkedin, ma non riuscì a trovare nessuna delle persone che conosceva. Poiché l'espressione della sua sessualità continuava a conoscere insopportabili privazioni un pomeriggio partecipò a un'altra orgia casalinga, questa volta più strutturata, con dei ciccioni conosciuti sempre grazie a *Destiny.* In un capannone abbandonato aveva fatto una coda di tre ore prima che arrivasse il suo turno (era entrato con il sole, era uscito con il buio), con una maschera veneziana sul viso, accanto a uomini con i calzini (anche lui se li teneva addosso, ma c'era un motivo: un sacco di tempo prima si era preso una malattia venerea ai piedi, un episodio un po' imbarazzante da raccontare), di fronte a donne con calze autoreggenti d'ordinanza e le gambe spalancate. Mentre aspettava, scambiò due parole con quelli accanto a lui, che si riscaldavano come calciatori a bordo campo pronti a entrare; tra di loro gli sembrò di riconoscere il tizio con il quale aveva chiacchierato in un bar, tre o quattro mesi prima, poco prima di essere arrestato; non riusciva però a ricordare che cosa gli avesse raccontato, se era un pubblicitario, un mercenario, un dentista... Gli sarebbe servita una segretaria per tenere insieme i dettagli della sua vita, o almeno un'agenda, con le date e i nomi che aveva dato in giro – quando, a chi, con quale qualifica. Il tizio negava di averlo mai visto, ma più per pudore che per convinzione. La sera stessa vide le foto dell'evento su un sito al quale si accedeva con la password, uno spazio in cui venivano conservati i ricordi di quei momenti. In una c'era anche lui, sullo sfondo, un po' sfocato. Si guardò da vicino. Non si era mai reso conto di essere diventato così magro. Più in generale, doveva ammettere che la qualità pornografica della sua vita era drammaticamente peggiorata.

Intanto, a casa, Marta era diventata insofferente nei suoi confronti, il che era un bene, perché questo l'avrebbe costretta a trovare presto una soluzione per lui. Elisa, in un momento di debolezza, gli aveva confidato che la mamma aveva un altro uomo.

"Come si chiama?"

"Fabio. Fa l'architetto."

"Bel nome. Ma sai cosa si dice degli architetti? Che non sono abbastanza maschi per fare gli ingegneri, e non sono abbastanza froci per fare gli stilisti." Non ne parlarono più.

Sotto insistenza di Marta, si decise ad andare a trovare suo padre. Non lo vedeva da due o tre anni – l'ultima volta che si erano incontrati stava ancora bene; ora, nel letto dell'ospedale dove viveva da un sacco di mesi, era grigio, con gli occhi gialli, i capelli tutti bianchi, un conato di vomito qua e là, così stanco da non riuscire a stupirsi o indignarsi per la sua presenza.

"Ciao, papà."

"Ciao," e non si dissero altro fino all'ora pranzo. Suo padre andava avanti a glucosio, come una pianta: ossidare le molecole di zucchero era l'attività che riempiva tutte le sue giornate. Le infermiere passavano per le camere spingendo un carrello pieno di piattini di prosciutto, petti di pollo e purè; il giovanotto pelle e ossa disteso davanti al letto di suo padre divorò in un minuto quella malinconia alimentare, senza battere ciglio. Sembrava che fosse malato da sempre.

"Cos'ha?" chiese a suo padre, sottovoce.

"Cancro al fegato. Aspetta un trapianto." Anche Steve Jobs ci era passato, e se non ricordava male non ne era uscito tanto bene. Pure i ricchi morivano alla fine; però lo facevano meglio, con più grazia, senza il purè.

"Anch'io non sono stato molto bene, ultimamente," disse a suo padre.

"Cos'hai avuto?"

"Problemi al cuore."

"Non ti credo."

"Non mi hai mai creduto, papà."

"Avrei dovuto?"

"Qualche volta sì." Quella volta no, a essere sinceri, ma provò comunque un po' di indignazione.

Suo padre aprì gli occhi piccoli, per guardarlo meglio. Aggrottò la fronte. "Da chi hai preso, tu?"

"Sono figlio tuo, tuo e della mamma, ti ricordi? Tanto tempo fa. Quindi ho preso o da te o da lei."

"La genetica può fare brutti scherzi, qualche volta. Sai qual è il vantaggio della riproduzione sessuata sulla mitosi?"

Aveva qualche idea, in proposito, ricordi vaghi, ma quel vecchio faceva così fatica a parlare, a stare in vita, che non se la sentiva di fargli perdere del tempo con inutili domande. "Qual è il vantaggio?"

"Che la riproduzione sessuata mescola geni diversi. Nel cinquanta per cento dei casi il risultato è migliore dei cromosomi di partenza. È così che va avanti la selezione della specie... Tu stai nell'altro cinquanta per cento, nella parte bassa della curva, proprio ai margini. Da un secolo a questa parte, la selezione non vale più per gli esseri umani: vanno avanti tutti, e tutti fanno figli. Spero che le tue bambine abbiano preso da Marta."

In realtà non poteva escludere che fossero un po' di più, i suoi discendenti, in giro per il mondo, così come non poteva escludere che invece l'unica fosse Elisa. "Certo, papà, lo so. Ma magari non sono figlio tuo, chi può dirlo? La mamma era una bella donna, e tu non tanto."

"Non cercare di alleggerire il mio peso. Il tuo naso mi inchioda alle mie responsabilità." Quando era bambino, molti suoi compagni di classe sognavano di essere stati scambiati in culla, incapaci di sopportare la bruttezza dei loro genitori; lui, invece, pregava che i suoi smettessero di vergognarsi di lui. Preghiere inutili. Sua madre gli aveva voluto bene, a dire il vero, ma come un medico che si affeziona a certi casi umani: poco prima di morire di cancro era arrivata a scusarsi con lui per averlo messo al mondo.

Eppure, ne era convinto, non c'era nulla che non andasse, in lui – nulla di serio, che non si potesse risolvere con una pacca sulle spalle. Certo, era un po' superficiale, talvolta sbadato, ma era simpatico, e si era sempre arrabattato in qualche modo; e poi si accontentava di quello che aveva, e se aveva qualcosa da dividere la divideva, questo nessuno poteva negarlo. Non serbava rancore. Si teneva pulito. Cosa c'era di mostruoso in lui? Cosa faceva di così terribile da essere rifiutato perfino dai suoi genitori? Era perché non si era laureato? Perché qualche volta finiva in prigione? Perché non era riuscito ad avere una vita decente?

Suo padre riprese a sussurrargli, tra un rantolo e l'altro.

"All'inizio promettevi bene. Poi ti sei perso. Perché?"

Perché? Non lo sapeva neppure lui. Non se lo ricordava, oppure non era successo proprio niente: gli sembrava di essere stato se stesso per tutta la vita. "Potevi fare un altro figlio," gli rispose. "Magari ti andava meglio, sai, per motivi statistici."

"Perché sei venuto qui?"

"Per i soldi."

"Sei l'ultima persona alla quale li darei."

"Stai morendo, papà. Non come fanno tutti gli altri, un po' alla volta, un pezzettino al giorno: tu stai morendo proprio adesso. Che ore sono? Le dodici e mezza? Rischi di non arrivare a sera. Davvero, non farti scappare questa occasione per essere un buon padre."

"Potresti provare tu, una volta tanto, a essere un buon figlio."

"Non posso più aiutarti. Ti svuoterei volentieri il pappagallo, ma vedo che ormai anche per pisciare ti sei affidato alla tecnologia ospedaliera. Vuoi che ti bagni la fronte?"

Suo padre sospirò profondamente, come se davvero si fosse deciso a morire in quel momento. "Sai cosa mi dispiace?" – la voce ora gli tremava, e c'era qualcosa di liquido, di umido, che gli stava riempiendo la gola – "mi dispiace di non essere riuscito a salvare tua moglie e le tue figlie, a salvarle da te."

"Se vuoi puoi farlo adesso. Nel giro di qualche giorno le porterò alla rovina, tutte e tre, ma tu puoi ancora fermarmi."

"Sei un mostro."

"Scusami, papà, non capisco quello che dici. Stai rantolando. Dimmi dove tieni i soldi, prima che ti finiscano le forze. Guarda che ti stacco la corrente, se non fai il bravo."

"Vattene," gli disse sottovoce. "Non voglio più vederti." Finivano sempre così le loro chiacchierate. Incomprensioni tra padri e figli, generazioni a confronto, Edipo e tutta la sua famiglia. Una volta tanto, però, veniva da piangere anche a lui. "Ti voglio bene, papà", ma forse l'aveva solo pensato. Gli appoggiò una mano sul braccio e gli baciò la fronte. Il moribondo dell'altro letto vomitò in un sacchetto. Fuori dalla finestra due gabbiani galleggiavano nell'aria ventosa.

A casa trovò Lucia che saltava la corda. Aveva imparato da poco, a farlo, ma era già diventata una professionista. Gli chiese di contare quanti giri faceva al minuto.

"È impossibile. Sei troppo veloce."

Guardarono un po' di Pukka, e poi un documentario sui vermi tubicoli giganti, mostri lunghi due o tre metri che vivevano nella profondità dei mari e non avevano neppure l'apparato digerente: erano imbottiti di batteri che scomponevano il cibo per loro. Lucia sembrava rapita.

Marta tornò prima di cena, con due sacchetti pieni di pane e latte.

"Ti saluta mio padre," le disse.

"Sei andato a trovarlo?"

"Sì, me l'ha consigliato lo psicologo. Devo riallacciare i rapporti con le persone importanti della mia vita. Affrontare le situazioni irrisolte."

"Come sta?"

"Bene. Un po' grigio, in faccia, ma ha ancora voglia di parlare. Ha gli occhi gialli. Non può più mangiare. Credo che gli rimanga qualche giorno di vita."

"Oh!" Marta si commosse all'istante: lacrime, moccio, fazzolettino, spalle girate alla cucina per pudore.

Lucia chiese perché piangeva, e già le veniva da piangere anche a lei, per le proprietà epidemiche del pianto che si trasmetteva più veloce della peste bubbonica.

"Mamma ha le mestruazioni, è normale che pianga," le disse con tono paterno.

Marta si girò e gli diede uno schiaffo in faccia, e iniziò a gridare: "Come fai a essere così? Come puoi? Come puoi?". Non era bello essere picchiato da una donna senza poter reagire; e d'altra parte non poteva tirarle un pugno in faccia proprio davanti alla piccola – aveva una lingua così lunga, Lucia, che nel giro di un quarto d'ora avrebbe avuto una troupe de *La vita in diretta* a casa sua. Marta se ne andò in camera, singhiozzando.

"Lucia, non ti preoccupare, le passerà."

"Ti fa male?"

"Brucia un po' ma la barba mi ha protetto."

Dietro gli occhietti vigili che lo stavano fissando si poteva intravedere un movimento di ingranaggi. "Papà, ho pensato a una cosa. Da grande voglio inventare la medicina per non litigare." Era dunque vero che le buone idee nascevano dai contesti difficili. Nella biografia di sua figlia, che sicuramente qualcuno avrebbe scritto, prima o poi, avrebbero dovuto riconoscergli almeno quel merito.

Finalmente il giorno dopo Elvis lo chiamò per qualcosa di serio. Al telefono non voleva dirgli niente, per cui si diedero appuntamento dalle parti del bar con la bisca. Arrivò puntuale, e si mise ad aspettare; nell'attesa, ancora Eva Lovia. Quando arrivò Elvis, si avviarono a piedi verso la periferia. Parlava sottovoce – non era mai stato così circospetto. C'era un progetto che richiedeva la massima riservatezza. Una cosa piuttosto grossa, a livello nazionale.

"Rapina?"

"No, c'entra la politica."

Ogni tanto incrociavano un albero che con la primavera aveva iniziato a mettere fuori le foglie: quell'ottimismo vegetale era commovente. Arrivarono davanti a un palazzo alto dieci piani, brutto, scrostato. Elvis suonò un campanello; voce roca; un'altra parola segreta. Entrarono e scesero le scale, giù verso le cantine. Un portone; dietro, una sala bassa e vastissima, che probabilmente occupava metà del piano interrato. C'erano delle enormi lavatrici che producevano un fracasso infernale.

"È una lavanderia industriale."

"Non ne avevo mai vista una."

"I cinesi hanno invaso il mercato, non puoi più rimanerci dentro se dai retta alle regole dello Stato."

In fondo alla stanza c'erano tre uomini con il viso coperto da una bandana e le giacche di pelle. Presentazioni sommarie – niente nomi, solo strette di mano. Uno dei tre iniziò a spiegare il loro progetto, partendo da molto lontano. Il mondo era finito nelle mani del capitale. Ok? Non era la prima volta che succedeva, ma c'era sempre stato qualcuno che si era ribellato. Ora, invece, la dittatura plutocratica era su scala così larga che nessuno aveva più la forza di reagire. Neanche di dire qualcosa. Lobotomia di Stato. I piccoli imprenditori (e quei tre ne erano un esempio) venivano stritolati dalle banche, dalla guardia di finanza, dall'Europa. Le speculazioni in borsa rovinavano gente che non c'entrava nulla, e che non aveva nessun modo per difendersi.

"Ci tengono per le palle." Fece il gesto di una morsa con la mano. Al medio aveva infilato un anello con una svastica attaccata sopra.

"E quindi?"

Bisognava intervenire in qualche modo, gli rispose uno degli altri due, il più piccolo, il più grasso. Aveva le mani in tasca e saltellava sulle scarpe da ginnastica, come se gli si stessero gelando i piedi.

"Intervenire in che modo?" Visto l'ambiente, escludeva che gli proponessero la lotta di classe, il comunismo, la redistribuzione delle ricchezze, lo stato sociale. Quali alternative per il futuro della loro nazione?

Il primo che aveva parlato si girò verso Elvis: "Fino a che punto possiamo fidarci?".

"Gli strozzini stanno per tagliargli l'uccello, vedi un po' tu."

Si rivolse direttamente a lui: "Anche tu avevi un'azienda?".
"Uno studio dentistico ben avviato."
"Madonna, pure i dentisti non ce la fanno più." Gli altri due annuirono sconsolati. Lui, però, non aveva intenzione di mettersi in politica – una vita pubblica sarebbe stata troppo complicata da gestire, per uno con i suoi interessi.
"Stiamo preparando qualcosa di grosso."
"Tipo?"
"Tipo qualcosa che scuota le coscienze. Tipo un atto di guerra, se mi segui."
Le lavatrici dietro di loro ruminavano sempre più rumorosamente, e quei tre avevano dichiarato guerra al mondo. Non avevano l'aspetto di rivoluzionari legati a qualche avanguardia politica – sembravano, piuttosto, ragionieri in bolletta, calzolai finiti male, i rimasugli di un'epoca che non voleva arrendersi ma che aveva già perso qualsiasi possibilità di rimettersi in piedi. Frattaglie di borghesia.
"Vogliamo colpire un simbolo dei poteri forti. Tirarlo giù." Continuava a rimanere sul vago.
"Concretamente, cosa posso fare per voi?"
L'uomo gli fece cenno di seguirlo in uno stanzino ricavato all'interno della lavanderia. Sulla scrivania c'era un pc acceso. "Guarda," gli disse.
Partì un tutorial in cui un tizio incappucciato spiegava qualcosa. Prendere un frigorifero, diceva, o una lavatrice. Prendere arance spremute. Prendere del fertilizzante. Prendere acetone. Eccetera eccetera. Metti tutto dentro. Dopo dieci minuti, era pronta una bomba in grado di tirare giù un palazzo. Quando finì il video, l'uomo gli indicò un frigo dietro di loro. "Noi siamo quasi pronti," gli disse. "Quello è l'involucro, ben farcito di tutto. Ci manca solo l'esplosivo per innescare la reazione."
Il succo della proposta era questo: lui trovava il tritolo, e loro gli davano ventimila euro. Poteva andare?

Una volta fuori, ne parlò meglio con Elvis. Che razza di lavoro era, quello? Lui aveva sperato in una rapina, o in un assalto a un portavalori – perfino un'estorsione gli sarebbe andata bene, seppure a malincuore. Ma quello, invece, era un attentato. Se ti mettevi contro lo Stato, non sapevi più come sarebbe andata a finire.

"Guarda che mica vogliono uccidere qualcuno, questi qua."

"Sì, ho capito. Ma è tutto un altro genere rispetto alle cose che mi va di fare." Rimpiangeva la placida routine del suo periodo odontoiatrico.

"Mi hai chiesto tu di dirti se c'era qualcosa di interessante. Qui ci sono soldi. Questi hanno messo da parte tutti i loro risparmi per prepararsi. Magari gli va male, non hanno esperienza, ma intanto pagano, pagano sull'unghia, *cash*. E tu non sei a contatto con l'utente finale, se riesci a capirmi. È un subappalto."

"Ma io dove lo trovo il tritolo?"

"Non ne ho la minima idea. Sei tu che hai detto che hai lavorato per i servizi segreti. O era una palla anche quella?"

Gli avevano dato tre giorni di tempo – c'era sempre questa ossessione delle scadenze. Mezzo Occidente era in ritardo nella consegna di qualcosa e l'altra metà, la più cattiva, quella con il coltello dalla parte del manico, tamburellava nervosamente le dita sul tavolo, affilando la lama delle penali. Gli rimanevano dodici giorni in tutto. Suo padre non aveva intenzione di sganciargli nulla, e lui aveva sopravvalutato Marta: con gli anni il suo amore si era annacquato, e ora un rancore tipicamente femminile stava prendendo il sopravvento sul resto.

Dopo aver salutato Elvis comprò un mazzo di fiori con gli ultimi dieci euro che aveva in tasca. Le donne bisognava conquistarle con la tenerezza. Si incamminò verso casa, provando a fare qualche progetto per il futuro.

13.

Il passato dura molto. Anche quando sembra sopito, o morto, improvvisamente, per caso, torna a farsi sentire, con la sua voce piena di dolcezza perduta e malinconico rimpianto. Mentre tornava a casa si imbatté nei due scagnozzi che lo avevano triturato nove giorni prima, cioè nel suo passato prossimo. Li vide da lontano, impegnati in una conversazione con un altro tizio che, evidentemente, si era scordato di pagare una rata di chissà quale mutuo. Non se la sentiva di affrontarli – sapeva bene come il loro zelo di esattori si sarebbe abbattuto sulla sua faccia. Girò a destra. Proseguì per un centinaio di metri. Superò un gelataio. Sulla sinistra vide una strada con un nome familiare. Dove l'aveva già sentito? Imboccò la strada. Vide una libreria. Entrò, con la certezza che agli scagnozzi non sarebbe mai venuto in mente di cercarlo in un posto così. Vagò lungo interminabili scaffali. Economia e diritto. Psicologia. Dietologia. Cosmologia. Esoterismo. C'era un libro per ogni esigenza: un manuale per togliersi i calli, la guida ai monumenti di Gessate, l'autobiografia di Brunetta (meno di novanta pagine), un corso per diventare sommelier, un altro per diventare scrittore, l'atlante mondiale della grappa, e trenta metri di romanzi in ordine alfabetico di autore. Aprì un saggio a caso: "L'eutrofia è una caratteristica tipica degli imperi prossimi alla dissolvenza; si pensi al gigantismo dei dinosauri, alla biblioteca alessandrina, alle prospettive infinite dei palazzi che Alberto Speer progettò per Adolfo Hitler". Di che anno era, quel libro? Continuò a leggere: "Il futuro, che ancora non ci è dato di conoscere, si cela nelle periferie del mondo e aspetta il proprio turno, paziente e silenzioso, simile, in questa attesa, ai piccoli roditori del Cretaceo o ai barbari che sedici secoli fa premevamo" – un refuso! – "lungo i confini orientali dell'Europa". Saltò milleduecento pagine per arrivare direttamente al finale: "Il romanziere del ventunesimo secolo non è ancora nato, ma sarà un africano o una donna dell'Indonesia". Bisognava ammettere che era possibile trovare una teoria su tutto.

Arrivò in una saletta piena di sedie rivolte verso un divano rosso. A occhio, ci sarebbe stata una presentazione. Si sedette, con il mazzo di fiori in mano, e aspettò. Fu allora che arrivò il suo passato, quello remoto: era ancora magro, con un sacco di capelli in testa e stava bene, aveva una giacca elegante e una cravatta che si intonava con il colore degli occhi e con quello dei calzini, una camicia stiratissima, scarpe inglesi. Non lo vedeva dal 2000: si erano incrociati per caso, erano andati in un bar, avevano chiacchierato, ricordando il passato. Era estate e per le strade della città c'era un caldo pazzesco. Si erano salutati con una stretta di mano formale, un addio inconsapevole, rammarico degli anni successivi... Spesso si era chiesto cosa fosse la nostalgia di cui tanto si parlava, e ora finalmente lo sapeva: era il ricordo di quella mezz'ora passata insieme a quattordici anni, e la certezza che non sarebbe mai tornata, in nessuna forma, nemmeno se avessero deciso di rifarla tale e quale. Non era amore – lo pensava anche adesso, mentre quell'uomo prendeva posto sul divano per iniziare la sua presentazione – ma il sentimento che lo stava mettendo sottosopra bruciava con la stessa violenza.

E comunque non era diventato pelato e grasso, come si era immaginato mille volte, forse per consolarsi – non assomigliava a Platinette insomma, ma, piuttosto, a come sarebbe stato Mickey Rourke a quarantacinque anni se non avesse insistito con l'alcol e la boxe. Aveva l'aspetto di un uomo che in qualche modo si era realizzato nella vita e il libro che aveva scritto sembrava una cosa seria. *Le città divise*, un saggio sulle metropoli contemporanee. Non era facile seguirlo, nella sua esposizione (le altre persone sedute accanto a lui sembravano professori delle superiori, studentesse universitarie, casalinghe onnivore) ma qualcosa riusciva a intuire anche lui. Il succo era che non esisteva alcun progetto consapevole dietro le divisioni all'interno delle città: "È il capitale a tracciare i confini, con la sua capacità naturale di creare disuguaglianza". Però!

"I ricchi," spiegava il suo amico ai presenti, "quelli che hanno una qualche forma di rendita, si spostano verso zone con costi insostenibili per i poveri, cioè i lavoratori. A metà dell'Ottocento Engels, passeggiando per la periferia di Manchester, osservava smarrito lo squallore dei quartieri in cui vivevano gli operai, e si era convinto che dovesse per forza esserci un piano dietro quell'ingiustizia. Ma le città sono organismi la cui evoluzione complessiva e le evidenze più macroscopiche sono determinate da scelte casuali effettuate a un livello bassissimo, condominio per condominio, marciapiede per marciapiede." Sembrava convinto di quello che diceva.

Per chiarire meglio la sua idea, parlò del formicaio, che si evolve senza l'aiuto di alcun architetto: "Ciascuna formica prende decisioni nel minuscolo spazio di propria competenza, e la somma, la composizione esponenziale di queste scelte microscopiche fa emergere una proprietà, per così dire, globale, di natura quasi urbanistica, molto al di là delle intenzioni e della comprensione dei singoli soggetti coinvolti...

I quartieri crescono o decadono per un senso unico che viene invertito, per un negozio che apre o per un altro che chiude, per l'apertura di una nuova pista ciclabile: le conseguenze di quei cambiamenti minuscoli sono inimmaginabili, e il motivo è che le città sono sistemi non lineari" – questo era un concetto che capiva bene anche lui: le previsioni del tempo, il caos, le borse.

"Il motore delle città," continuò, "non è l'architettura, ma il caso. Le strade, incrociandosi tra di loro, generano coincidenze. Confrontando un qualsiasi romanzo di Jane Austen con un qualsiasi romanzo di Flaubert è possibile capire la sostanziale differenza tra la vita in campagna, dove ogni cosa si muove secondo una logica preordinata, e quella in città, governata da circostanze impossibili da prevedere. Gli incontri in *Orgoglio e pregiudizio* rispondono a un criterio di necessità; in *L'educazione sentimentale* tutto accade senza motivo."

Dove aveva studiato tutte quelle cose? Lo ricordava allievo svagato, un po' superficiale, forse ripetente; ma, ora che ci pensava, non lo aveva mai conosciuto sul serio: si vedevano una volta ogni due o tre mesi, passeggiavano per un'ora e poi si salutavano, come due alcolisti anonimi che si erano fatti un goccio insieme. Non avevano mai parlato delle loro vite, di quello che stavano facendo. Ma anche se era stato superficiale nel giudicarlo, era sicuro che allora la differenza tra loro, la differenza di cultura, di censo, di bella presenza, non fosse così evidente. Adesso si era scavato un abisso, là in mezzo: quello era una specie di professore, aveva scritto un libro che grondava intelligenza, ed era vestito bene, aveva la barba curata, le unghie pulite, la faccia di uno che non aveva troppe preoccupazioni, o, se ne aveva, non assomigliavano agli incubi urologici che inseguivano lui.

Dopo un po', fu certo di essere riconosciuto: mentre parlava, il suo vecchio amico d'infanzia ebbe un attimo di esitazione, una pausa più lunga, una deglutizione in più; poi riprese a spiegare il suo libro, evitando accuratamente di guardarlo. E lui un po' si vergognò. Sapeva di essere diventato la brutta copia della brutta copia del ragazzo che era stato... Aveva insistito troppo nella sua idea che in fondo non c'era niente per cui valesse la pena impegnarsi veramente. La sua ossessione per le scorciatoie – le scommesse piene di suadenti prospettive, gli incontri senza conseguenze, la negazione sistematica di ogni possibile responsabilità – lo aveva portato a un livello così basso, nella scala sociale, e quindi in quella estetica, che non era più possibile fare finta di niente. Forse aveva ragione suo padre: in qualche momento aveva scelto la strada sbagliata, ma non riusciva proprio a ricordare quando poteva essere successo. In ogni caso, adesso rimpiangeva tutte le cose belle che la borghesia metteva a disposizione di chi la abbracciava: l'idea di una casa ben arredata, una qualche forma di carriera, le comodità quotidiane. Intanto la presentazione stava arrivando alla fine. Un signore accanto a lui, un vecchio pelato, si incartò su una domanda lunghissima, una specie di contropresentazione di un libro che probabilmente aveva scritto cinquant'anni prima. Marx aveva ragione. Il profitto, il plusvalore, il pluslavoro, l'alienazione, il proletariato. La Comune! La Comune del 1870! Pronunciava quelle parole urlando, come se volesse evocare una forza superiore, una divinità. Finì di colpo e se ne andò come se avesse dimenticato una pentola sul fuoco. Una ragazza, forse una studentessa, si alzò in piedi e gli fece i complimenti. Poi ci fu il rito del firmacopie. Avrebbe voluto comprarne una anche lui, ma non aveva contanti, non aveva bancomat, non aveva carte di credito. Quando tutti se ne furono andati, gli si avvicinò con il mazzo di fiori dietro la schiena e gli tese la mano libera. L'altro lo guardò con un po' di imbarazzo.

Cercò di rompere il ghiaccio. "Come stai? Sei diventato un pezzo grosso."

"Tiro avanti. Tu?"

"Pure io. Ho aperto uno studio dentistico, ma poi c'è stato qualche problema." Avrebbe voluto confessargli che se non avesse trovato settantamila euro in due settimane qualcuno gli avrebbe tagliato... Ma gli veniva sempre da piangere quando ne parlava, ormai non riusciva neanche ad arrivare alla fine di quella frase. "Non ci vediamo da una vita."

"Quanti anni sono passati? Quindici?"

"Più o meno." Provò a scrutare gli occhi di quell'uomo, alla ricerca di qualcosa che potesse assomigliare alla tenerezza di un tempo... Non gli sembrava una speranza vana: in fondo si erano accarezzati in un periodo della loro vita in cui il desiderio non aveva bisogno di agganciarsi a progetti familiari, convivenze, mutui, promesse. Era solo *ti voglio* allo stato puro e loro si erano voluti. Ora era tutto finito: quella dolcezza, quel desiderio, quella giovinezza. Erano diventati adulti – più l'altro che lui, a dire il vero, ma in amore bisognava essere per forza in due, per andare avanti, e lui era rimasto solo. Gli porse il mazzo di fiori. "Ti offendi se te li regalo?"

"No... È la prima volta che ricevo dei fiori."

"Al nostro passato." Gli sorrise.

"Eh..." disse l'altro. Non sembrava molto convinto che ne avessero davvero avuto uno in comune.

Si sentiva di troppo. "Ora vado. Sono stato contento di averti rivisto. Ti lascio un mio numero, nel caso capitassi ancora dalle parti di Milano." Frugò nel portafogli alla ricerca di un biglietto da visita con il suo vero nome, ma non lo trovò. "Te lo posso dettare a voce?" L'altro, a malincuore, tirò fuori la penna con cui aveva autografato le copie del suo libro e prese nota su un pezzo di carta.

"Ancora complimenti per la presentazione."

"Grazie."

"Allora io vado." Avrebbe voluto parlare ancora un po', come accade quando ci si dice addio – questa volta sapevano entrambi che non ci sarebbero state altre occasioni – ma sembrava che l'altro non vedesse l'ora di tornare alle sue cose. Forse aveva una famiglia, qualcuno che lo aspettava.

"Grazie ancora per i fiori," gli disse, senza alcuna convinzione.

"Sono contento che ti piacciano. Ora vado, immagino che tu abbia molti impegni."

"Sì, in effetti.... È stato un piacere."

"Sì, anche per me. Mi chiamerai?"

"Eh?" Il libraio, che gli aveva chiesto di firmare il libro, continuava a fargli domande e lui sembrava interessato solo a quello.

Stava per uscire quando si girò di colpo: "Scusa, ma devo dirtelo. Mi sei mancato tanto, in tutti questi anni".

L'altro si schiarì la voce imbarazzato e lo salutò con la mano.

14.

Marta ricevette una nuova mail dalla Presidenza del Consiglio: erano stati fissati la data e il luogo della premiazione, ma le informazioni precise sarebbero arrivate attraverso la posta tradizionale, per la privacy. Lesse i nomi dei finalisti: due erano adulti, probabilmente dei professionisti, e in mezzo a loro c'era Elisa, con la sua passione, la determinazione, l'incoscienza. A pensarci, chi poteva conoscere il ventunesimo secolo meglio di una che era nata nel 2000? Quelli della generazione di Marta cercavano di adattarsi, di capire come funzionavano i telefoni, le app, di intuire cosa era importante e cosa non lo era più, ma ormai avevano perso il contatto con quei tempi.

Marta mandò un messaggio a Elisa: "Tra dieci giorni c'è la premiazione! Sei contenta?". Lei rispose con una faccina sorridente.

La cerimonia sarebbe stata ufficiale e carica di formalità, e quindi bisognava per forza trovare dei vestiti all'altezza della situazione, magari riadattando qualcosa che avevano già. Per Lucia non sarebbe stato complicato – qualcosa di grigio, primi Novecento, con il colletto bianco, una forcina perlata tra i capelli, le scarpette lucide. Con Elisa sapeva già che ci sarebbe stato da lottare un po' – jeans e scarpe da ginnastica contro una gonna poco sotto il ginocchio e un paio di ballerine – e sapeva anche che alla fine avrebbe perso, perché era Elisa l'esperta di quel secolo. Per se stessa, qualcosa di sobrio, che la facesse sembrare meno grossa di quello che era... Sarebbero andate tutte e tre dal parrucchiere: lei avrebbe tinto i capelli bianchi che iniziavano a spuntare, a Lucia avrebbe fatto sistemare la frangetta, ed Elisa... Elisa poteva pettinarsi come voleva, stava sempre bene. Giovinezza mezza bellezza, diceva sua madre tanti anni prima. Dopo una certa età, invece... era impossibile vincere contro il tempo. Piccole battaglie, scaramucce a base di latte detergente e crema contorno occhi, ma il fronte era troppo ampio. Le ragazze erano magre o formose; le donne come lei, secche o grasse. Ora che aveva iniziato a dimagrire (l'amore spingeva a questo genere di sacrifici), sapeva che sotto l'adipe che stava cercando di sciogliere non avrebbe ritrovato la Marta di dieci anni prima. Ma in fondo, si diceva, non era così importante. Le cose cambiavano, come cambiavano le priorità. Da un certo momento in poi il destino personale e quello del mondo divergevano. Voleva diventare così vecchia da non doversi più curare del presente, del suo frastuono, delle sue pretese.

Anche lui, più o meno nello stesso momento, da qualche altra parte, pensava alla propria vecchiaia, con uno struggimento che gli faceva venire gli occhi umidi. A ottant'anni, con i conti a posto, in un ospizio dove qualcuno si sarebbe preso cura di lui: colazione pranzo e cena, il cambio dei pannoloni, le pastiglie per il cuore agli orari previsti, la televisione la sera, qualche palpatina alle infermiere che facevano finta di scandalizzarsi. La lotta per la sopravvivenza che lo aveva tenuto impegnato per così tanto tempo sarebbe stata un ricordo lontano, incomprensibile come i vizi della gioventù. Ogni tanto sarebbero venute Elisa e Lucia a trovarlo con un vassoio di frittelle, o un panettone, una colomba, a scandire le stagioni, i riti cattolici, quelli pagani. Avrebbe abolito l'orologio, i calendari, le sveglie. Anche i suoi aguzzini sarebbero diventati decrepiti come lui, o forse sarebbero morti un po' prima di lui, accoppati in qualche imboscata di un'agenzia rivale – non avevano vita facile, i cattivi. Non sarebbe più stato costretto a guardarsi alle spalle. Ma per arrivare a quegli ottant'anni avrebbe dovuto prima superare i settanta, i sessanta, i cinquanta, e soprattutto quegli undici giorni che lo separavano dalla prova che il destino aveva posto sulla sua strada. L'idea dell'attentato era assurda. Anche da un punto di vista politico, a essere pignoli: il potere si nutriva di quegli eccessi, e talvolta li provocava per rigenerarsi. I soldi, però, erano un problema che superava tutti gli altri. Il suo pene, che pesava meno di un etto, aveva assunto l'incredibile valore di settantamila euro, oltre settecentomila al chilo, più del caviale, dell'oro, della cocaina! Con i ventimila euro che gli avevano promesso i rivoluzionari con la bandana avrebbe potuto intavolare una qualche trattativa con gli strozzini. Ventimila per il prepuzio o una palla, e altri quindici giorni per trovare il resto: affare fatto?

Iniziò a girare per negozi di cinesi: due chiacchiere generiche, poi l'intimità del retrobottega per parlare d'affari. Ma nessuno aveva niente. L'Isis si era portata via tutto quello che poteva esplodere, detonare, ustionare, infiammarsi. Rimanevano i fuochi d'artificio, le bombe Maradona, i petardi da stadio. Magari con un po' di ingegno... Cercò dei video su YouTube per capire a cosa potesse assomigliare, il tritolo, in quale forma si presentasse. Una cassetta da maneggiare con cura. Le micce. Dei candelotti pieni di polvere pirica. Chi avrebbe avuto il coraggio di testarli? Serviva solo una buona reputazione, e lui ne aveva più di una. Chiamò Elvis e gli chiese se aveva un lavoretto da due o trecento euro da passargli: come in tutte le imprese, si doveva partire dal capitale. Sì, ne aveva uno. Solito appuntamento, solita attesa, solita passeggiata con Elvis davanti e lui dietro che lo seguiva, fissando il codice a barre. Un'ora dopo era a casa. Questa volta era stata più dura. Non aveva mai picchiato una donna, non con quella ferocia. Gli facevano male i bicipiti, i tricipiti, le nocche. Si era perfino scheggiato un'unghia.

"Trovato un lavoro?" Marta stava preparando un altro minestrone – patate, carote, cipolle, sedano. Era naturalmente portata all'ISO 9000: nessuno scostamento dai processi produttivi consolidati, e risultati costanti nel tempo.

"No, nessun lavoro. Però pensavo che questa casa per metà è mia. Perché non la vendiamo e ci dividiamo la somma?"

Lei rimase in silenzio.

"So che formalmente è tutta tua. Però dovrai ammettere che quella volta mi avevi messo con le spalle al muro. Moralmente..."

"Non mi parlare di morale. Non tu."

In effetti aveva perso da un pezzo il diritto di farlo. Ogni tanto ci provava, era un nostalgico.

"Senti," continuò Marta, sempre girata verso le sue verdure. "Non posso mantenerti ancora per molto. Questa settimana. Dieci giorni al massimo."

"A Lucia non ci pensi?"

"Tu ci pensi? Ci hai mai pensato?"

Era diventata di marmo, sua moglie: lo stava tagliando fuori dalla sua vita e non c'era verso di rientrarci. Il tempo l'aveva indurita, e lui aveva perso il vigore di una volta. Se ne era accorto prima, con Elvis. Non aveva la tempra del cattivo – gli era rimasta solo la disperazione, la benzina della povera gente.

Girò un po' per la casa. Quando le ragazze erano a scuola, tutto era così silenzioso... Infilò il naso nella camera di Elisa, un loculo due per tre, lo spazio per il letto e un minuscolo armadio. Il suo profumo, un deodorante da ragazza che si spruzzava ogni mattina, stava sospeso nell'aria, come una nuvola invisibile. Quella di Lucia odorava di pongo, di colla, di esperimenti del piccolo chimico eseguiti sotto lo sguardo pacioccone della Tu Youyou. Tornò in cucina. Gli appartamenti, a ben guardarli, erano gabbie per criceti: si girava, si girava, e non ci si spostava mai. Oltre le finestre, centinaia di altre gabbiette. Forse il suo amico aveva ragione: forse c'era un piano dietro quel geometrico squallore. Solo un buon profumo di rose, che proveniva da chissà dove, riusciva a rendere più sopportabile quella tristezza.

Uscì. Metro. Bar. Ancora cinesi. Spese tutti i trecento euro del lavoretto. Portò a casa un po' di materiale dall'aspetto minaccioso. Lo aiutò Lucia: taglia, metti lo scotch, svuota, arrotola, fissa, incolla, lima, incastra. In cambio lui le diede una mano a finire i compiti: la interrogò in storia (i fenici, la porpora, il cedro) e in musica (l'oboe, il clarinetto, l'ancia). Poi, mentre lui rifiniva la sua falsa cassa di tritolo, lei andò avanti con uno dei suoi quaderni di numeri: quando eseguiva i calcoli a mente, si metteva la penna in bocca, o soffiava sulla frangetta sbilenca, per sollevarla. Era spensierata proprio come una bambina. Tutto quel cervello non le pesava affatto.

Cenarono con mestizia. Elisa sempre ombrosa, assente, scucchiaiava la minestra al rallentatore. Marta pensava ad altro. Solo Lucia faceva domande – sull'orbita di Plutone, sulla guerra, sul tempo: come poteva essere infinito, in entrambe le direzioni? Come poteva esserci da sempre? Non sapeva come risponderle: era più avanti di lui di qualche gradino sulla scala evolutiva. Gli uomini del futuro, gli *homo sapiens sapiens sapiens*, sarebbero stati simili a lei. Sparecchiarono tutti insieme. Avrebbe voluto rimanere un po' solo con Marta, dirle che in fondo gli dispiaceva per quel che stava succedendo, che avrebbe fatto volentieri a meno di vagare per quella casa come un carcerato, ma Elisa si era messa a mangiare una fetta di pane con il formaggio, là in cucina, e intanto parlava di una compagna di classe il cui padre si era suicidato.

"Per amore?" chiese sollecito. Voleva fare un po' di conversazione.

"Lavoro. È fallito."

"Ah, però... Quanti anni aveva?"

Elisa tirò fuori il cellulare e cercò su Google. "Quarantanove." Girò lo schermo verso di lui: un tizio che aveva tutta l'aria di essere il suo amico brianzolo, quello con le mucche. Era solo un po' più grasso, più sorridente. Forse era una foto di repertorio pescata su Twitter oppure non era lui. Gli sarebbe dispiaciuto saperlo morto.

"Un ragazzino, praticamente."

"Lei, la mia compagna, è rimasta a casa da scuola."

Marta, che stava finendo di lavare i piatti, le disse di starle vicina. Lui non sapeva cosa dirle. La morte era un argomento che non riusciva a inquadrare. Si ricordò che doveva avvertire Elvis che il tritolo era pronto – in casi come questi, la riservatezza imponeva solo comunicazioni dirette, a voce. "Vado a trovare un amico per un lavoro." Lo disse senza alcuna pretesa di essere creduto. Si mise il cappotto e uscì.

Senza di lui la casa tornò ai riti consueti, al brusio della sera, alle tisane con il miele, alle manovre di strucco davanti allo specchio in bagno, madre e figlia una accanto all'altra, la giovane apprendista concentrata sui piccoli stratagemmi che si tramandavano da chissà quante generazioni, mentre la piccola, dietro di loro, faceva la cacca leggendo un libro sui lebbrosi di Albert Schweitzer. Più tardi, davanti al televisore, tutte e tre in pigiama, ripresero il discorso della premiazione, discutendo di jeans e ballerine. Poi parlarono di un corso di fotografia che Marta aveva visto su un giornale, e di una scuola estiva per bambini prodigio dalle parti di Stoccolma. Lucia andò a prendere i biscotti in cucina, Marta tirò fuori una coperta di pile dall'armadio e la stese sopra loro; Ciacci saltò sullo schienale del divano e si distese. Lucia si addormentò appoggiata alla spalla di sua sorella, con la bocca aperta, i denti scoperti, gli occhietti sigillati. Durante una pubblicità Marta disse a Elisa che le sarebbe piaciuto invitare alla premiazione l'uomo di cui era innamorata. Non avrebbe avuto un ruolo ufficiale – non sarebbe stato presentato come il marito o il compagno, e non sarebbe stato necessario che comparisse nelle foto di rito, se lei non lo voleva – ma le sarebbe stato accanto in un momento bello della sua vita.

"Ti dispiacerebbe?"

"No, mamma. Che tipo è?" Non sembrava più infastidita da quell'argomento.

"È una brava persona. È stato sposato anche lui, con una donna americana, ma è finita male. Pare che lei lo tradisse ancora prima di sposarsi. È stato ferito da quella storia e si è buttato sul lavoro. Ora ha ripreso a vivere."

"Vi siete conosciuti su *Destiny*?"

"No, tesoro. Mi ha dato una mano quando sono rimasta ferma con la macchina. Coincidenze tradizionali, cose vecchio stile."

"E sei innamorata?"

"Certo, tesoro. È buffo, perché siamo diversi. Lui è molto colto ma abbiamo tante cose in comune. A volte ci sembra che ci conosciamo da sempre. I sentimenti sono gli stessi, ecco, e credo che sia questa la cosa che conta."

"Ma a Lucia non diciamo niente, ok?" Elisa era sempre stata molto protettiva nei confronti della sorella.

"Pensi che ci rimarrebbe male?"

"Non lo so. Forse sì. Lei stravede per papà."

"Tu cosa pensi di lui?"

"Che è strambo. Che non lo capisco. È così diverso da noi tre. Ti posso raccontare una storia o stai seguendo il film?"

"Dimmi pure."

"Qualche giorno fa, a scuola ci hanno fatto leggere un brano di un libro. Parlava di un uomo che alla fine dell'Ottocento aveva subìto un trauma al cervello – gli si era infilata una sbarra di acciaio nella testa, dal mento fino alla fronte. Aveva perso un occhio e un pezzo di palato, ma era sopravvissuto. Il problema è che da quel punto in poi non è stato più lo stesso. Non sapeva più tenersi un lavoro, si imbarcava in avventure senza senso... Gage, mi pare si chiamasse così... Questo Gage era diventato incapace di fare il bene per se stesso. Penso che a papà gli si sia rovinata quella parte del cervello, magari per una botta che non ci ha mai raccontato, o per un tumore che non si è mai accorto di avere, che ne so. Sembra come noi, ma non è come noi." Marta non si era mai resa conto che Elisa avesse capito tutto, e così chiaramente. "Perché l'hai sposato?"

Rimase un po' in silenzio. "Bella domanda." Era perché era rimasta incinta? O perché era stufa di rimanere ad aspettare che arrivasse il suo momento? Non esisteva una versione ufficiale dei fatti. "Ero giovane e lo conoscevo poco, o forse lui era diverso. Mi piaceva come sorrideva. Era brillante, con tutte quelle storie che raccontava, e mi faceva ridere. Ho capito dopo che avrebbero potuto essere un problema, le sue bugie. Aveva anche un bel paio di baffi neri, ora che ci penso."

"Papà con i baffi?"

"Baffi stravaganti, tra l'altro. A punta, come un moschettiere. Un po' poco, in effetti, per costruirci sopra una famiglia. Però se tornassi indietro lo rifarei. Ho avuto voi, che siete la cosa più bella della mia vita."

"Quanti anni avevi?"

"Dieci più di te adesso. Ma erano altri tempi. Ora siete più sveglie, anche se su certe cose fate più fatica a crescere."

"Gli vuoi ancora bene?"

"Non credo, no..." Ora c'era Fabio, e questo le bastava.

“E se gliene volessi, farei di tutto per non volergliene. Per voi, soprattutto. Ci fa ridere con le sue storie assurde, ma è un irresponsabile... E l’irresponsabilità provoca sempre un sacco di pasticci. Lo dico senza rabbia. È fatto così.” Ciacci si spostò lentamente verso di loro, si fece spazio tra braccia e teste, fino a che riuscì a piazzarsi sulle gambe di Marta. Faceva le fusa come un motorino, come se sapesse cos’è una famiglia, e cosa vuol dire perderla. Ogni tanto sognava la mamma – succhiava nel sonno – e forse in quei sogni c’erano anche i suoi fratellini, uno accanto all’altro, con gli occhi chiusi, tutti attaccati ai capezzoli materni, in quel periodo che avrebbero sempre ricordato come il più bello della loro vita.

“E tu, Elisa? Gli vuoi bene?”

“Credo di sì. Non tanto, ma un po’ credo di sì. Mi fa tenerezza... Senti come russa Lucia!”

Si aiutarono l’una con l’altra a portarla a letto. Poi spensero il televisore e le luci dell’appartamento. Marta avrebbe voluto chiudere la porta con il catenaccio, come faceva tutte le sere prima di andare a dormire, ma l’uomo che il destino le aveva dato in sorte tanto tempo prima era ancora in giro a fare chissà cosa, e quello che un caso più benigno le aveva messo accanto adesso viveva altrove, in un’altra casa: gli mandò un bacio attraverso lo spazio che li separava, come un messaggio di WhatsApp, ma più vero. Accompagnò Elisa a letto e le rimboccò le coperte. “Sono tanto orgogliosa di te, sai? Del tuo talento. La premiazione sarà un momento bellissimo.”

Quella notte sognò la casa in cui era nata.

15.

Il giorno dopo – meno dieci all'ultimatum – aveva chiesto a Elvis di accompagnarlo dalla banda dei dinamitardi in cambio di cento euro e lui accettò – quant'erano, cento euro, in confronto a quello che stava per guadagnare? Lo zero virgola cinque per cento? Era un buon prezzo. La ricchezza non lo aveva trasformato in un taccagno.

"Come facciamo ad andare? Non possiamo girare con quel coso in macchina."

"Non ti preoccupare. Al momento è disinnescata."

"Dove l'hai trovata?"

"Vecchi amici che mi dovevano un favore." La sua esistenza stava diventando surreale e ridicola, anche se, a essere onesti, la ridicolaggine lo tormentava già da un pezzo: la novità stava soprattutto nel surrealismo, i cattivi inverosimili, quei dialoghi improbabili, le bombe, gli strozzini... Che ne era stato della realtà?

Presero la macchina di Elvis, una BMW con il motore di un camion e gli interni in pelle. Dentro era pieno di tubi di Pringles vuoti e piccoli Swaroski attaccati attorno al cruscotto: anche quell'omone tutto d'un pezzo aveva qualche vizio. Sgommarono, passarono con il rosso, abbagliarono macchine, suonarono a ciclisti, fecero improvvise inversioni a U, come se fossero su GTA. Si fermarono in una piazzola ai bordi della tangenziale.

"Mettiti questo," gli disse passandogli un fazzoletto nero. Provò a farsi una bandana. "Sugli occhi, non in testa!" Obbedì.

Elvis guidò per altri cinque minuti mentre a lui veniva da vomitare – soffriva l'auto, e con gli occhi chiusi era ancora peggio, ma non voleva fare brutta figura. Quando arrivarono a destinazione, si tolse la benda: erano dalle parti di una discarica che non aveva mai visto. Lo spettacolo era grandioso. Mentre lui era impegnato a sopravvivere, l'Italia era finita, e qualcuno aveva iniziato a smontarla: televisori catodici, carcasse d'auto, fotocopiatrici, divani, cavalli a dondolo, bilici, porte blindate, motorette, tubi di ferro lunghi chilometri, un vagone di un treno sventrato, l'ala di un aereo, tutti inzuppati in un liquame marrone e fumante. E ai piedi di questa montagna, che forse un giorno qualcuno avrebbe chiamato la Pompei degli anni duemila, c'era un casotto quadrato e accanto due dei tre tizi che qualche giorno prima gli avevano illustrato il loro progetto rivoluzionario. Anche se avevano il volto coperto, era possibile riconoscerli: li tradiva la goffaggine. Questa volta, però, indossavano delle giacche da motociclisti e gli anfibi. Il loro stile si era evoluto: ora non sembravano più leghisti che raccoglievano firme al gazebo per buttare fuori qualcuno da qualche posto, ma, piuttosto, dei naziskin un po' imbolsiti. L'involuzione della specie.

"Ho il tritolo," disse porgendo il pacco.

Non vollero neppure toccarlo. "Senti, ieri abbiamo trovato quello che cercavamo. La tua... la tua..."

"Bomba?"

"La tua bomba non ci serve più." Dietro di loro non c'era più il frigorifero dell'altra volta. Forse avevano deciso di cambiare elettrodomestico.

"Ah."

"Possiamo darti mille euro per il disturbo."

Si girò verso Elvis, per chiedergli cosa doveva fare. Lui annuì, come dire: accetta, non puoi ottenere di più.

Ci provò lo stesso: "E i ventimila?".

Non dissero niente. L'affare era sfumato. Avrebbe voluto protestare, rivolgersi a qualcuno per far valere i propri diritti... ma nel ventre molle e scuro dell'Occidente, in quella melma in cui le regole non le dettava un Dio buono e misericordioso ma Darwin in persona, non c'era alcun diritto, se non quello dei più forti di prendersi tutto. Prese i mille euro e ringraziò con una stretta di mano. In macchina, divise a metà con Elvis – non ricordava che i patti fossero quelli ma nella piramide alimentare lui stava proprio nei gradini più bassi: sotto, solamente gli uomini e le donne che prendeva a sberle per sbarcare il lunario. E mentre gli sfilavano accanto i palazzoni della periferia, i tralicci dell'elettricità allineati fino all'orizzonte, le roulotte degli zingari ammassate nei prati infilati tra la strada e i canali di scolo della città, coperti da un cielo gonfio di nuvole grigie, pensava che la vita, tanto per cambiare, lo stava inculando. La duttilità, la capacità di adattamento che aveva ereditato dai suoi antenati roditori, la velocità da pantegana nell'infilarsi dove c'era da mangiare, e di scappare quando le cose si mettevano male, non erano più sufficienti per salvarlo dalla morsa che gli si stava stringendo attorno – o sotto, per essere più precisi. Poteva fuggire, ma non sapeva dove, o come. Aveva cinquecento euro, una sacca con qualche vestito: troppo poco per fare qualsiasi cosa. Avrebbe dovuto parlare con Marta e chiederle di tenerlo a casa sua per i prossimi venti o trent'anni, il tempo di invecchiare quanto bastava per diventare irriconoscibile... E intanto i settantamila euro sarebbero diventati settanta milioni di una qualche moneta del futuro. Gli usurai avevano una capacità autistica di fare i conti: gli dicevi una cifra e una data, e loro ti calcolavano il risultato in tempo reale – la loro fortuna, la tua condanna. Adoravano i numeri. Lui invece da ragazzo aveva una speciale inclinazione per la storia, il latino, la filosofia. Amava Orazio, soprattutto quello delle *Odi*, per la sua dolce accettazione del mondo, e Montaigne, un crapulone sobrio, un epicureo pieno di moderazione. Di quegli studi ricordava un po' di cose che ogni tanto riemergevano da una qualche area sconosciuta del suo cervello, con la consistenza cangiante dei sogni. Gli piacevano le persone che non chiedevano alla vita più di quello che lei era disposta a concedere: un po' di pane, due olive, qualche carezza. Com'era quella poesia sul vino dolce del Sorapis? E quella sulle ragazze che cedevano il pegno d'amore ai loro spasimanti, fingendo di resistere ai loro assalti, lottando per perdere? Quella dolcezza millenaria gli pareva più vicina e più vera di tutta la fatica che doveva fare per non essere triturato dal mondo. Lui non era un perdente: semplicemente aveva scelto di non combattere. Era un erbivoro, una mucca che adorava brucare l'erba, farsi mungere ed essere montata, ogni tanto, dal toro di turno. Peccato che una simile opzione non fosse contemplata tra quegli onnivori di esseri umani: o mordevi o eri morso; o mangiavi o qualcuno ti sbranava. Capitalismo alimentare. Elvis aveva denti d'acciaio; lui aveva passato mesi a disintegrare molari extracomunitari. E si era ormai rassegnato ad abbandonare la stupida avventura della sua vita quando Marta lo chiamò al telefono. Provò a non rispondere ma quella insisteva.

"Che c'è?"

Piangeva.

"Marta, che è successo?" Le mestruazioni le duravano così tanto, ormai, che la fine di un ciclo si attaccava all'inizio di quello dopo. Uno strazio lacrimoso senza soluzione di continuità.

"Tuo padre..."

"Mio padre..."

"Tuo padre è..."

"Mio padre è..." Stupidi indovinelli.

"Tuo padre è morto!"

Perfetto. Padre morto uguale eredità uguale uccello salvo! Levò le mani al cielo, come un calciatore che avesse appena segnato.

Corse a casa a prendere le sue cose, scrisse un bigliettino per Lucia, che lasciò sul tavolino della cameretta, e uno per Elisa, che infilò sotto il suo cuscino. Marta, che era in cucina (non era ancora riuscito a capire come diavolo funzionassero quei turni: certe volte gli sembrava che lavorasse sempre, altre che non lavorasse mai) continuava a piangere, in silenzio – non per lui ma per suo padre. Partire è un po' morire; morire è partire un po' troppo. In effetti erano molto affezionati, quei due. Suo padre pensava che Marta avrebbe potuto salvarlo, anche se lui non aveva mai capito da quale pericolo. C'era qualcosa di edipico in tutto questo? Sì, senza dubbio. Era servito che il padre morisse perché il figlio salvasse il proprio pene. Da manuale.

"Che farai adesso?"

"Tolgo il disturbo. Qui sono di troppo." Era buffo che la realtà suonasse come un rimprovero. Marta era piena di bontà, e di senso del dovere. Peggio per lei, pensò. Avrebbe dovuto leggere Orazio, da ragazza, invece di correre dietro a Jane Austen e alle sue famiglie modello.

"Non dire così." Aveva lacrime grandi come noccioline, tutte in fila sulle ciglia, pronte a staccarsi per scendere.

Lui scelse la strada del borbottio: "Trattato come se fossi un estraneo... un pesce dopo tre giorni... le porte chiuse a chiave come per un ladro... sul divano, come un cane... la riga in mezzo ai jeans... minestrone tutti i giorni... la mia intimità... le mie figlie contro di me... altri uomini..." e intanto apriva i cassetti, anche quelli che non erano suoi, alla ricerca di qualcosa che magari gli sarebbe tornata utile, non si sa mai.

"Lascia stare le mutande di Elisa."

"Eh?"

"Lasciale giù."

Alla fine la borsa pesava meno di due chili – era un uomo che viaggiava leggero, lui; ma ora che era ricco sarebbe andato da Boggi a farsi un guardaroba: completi grigi, cravatte blu, camicie bianche. E si sarebbe fatto un trapianto di capelli: li voleva lunghi, forti, scuri. Poi, così sistemato, sarebbe andato dal suo ex fidanzato e l'avrebbe convinto ad andare a vivere con lui; oppure su *Destiny* avrebbe cercato una donna come si deve, una tettona giovane e allegra dell'Ucraina con la quale spassarsela per qualche settimana.

Era pronto. "Me ne vado."

"Mi spiace per tuo padre..."

"Marta, prima o poi tutti muoiono. Consolati pensando che ha raggiunto mia madre in cielo. Ora potranno giocare a burraco con i tuoi. Sapevano giocare a burraco, i tuoi? Dalle foto mi sembravano più tipi da briscola."

"Cambierai, prima o poi?"

"Certo. Diventerò ricco nel giro di qualche giorno. Andrò a vivere in centro. Avrò la badante." Improvvisava, cercando di abituarsi al suo nuovo status.

"Spero che tu riesca a trovare la tua strada."

"Non esiste nessuna strada: la vita è qua, adesso, e sta ferma." Era una cosa che aveva letto in una di quelle riviste che il dentista gli passava per pulire i vetri – non ci aveva capito niente ma gli era rimasta quella specie di illuminazione. Lo spostamento era soggettivo, il tempo era soggettivo. Quando un fotone si guarda intorno, vede un universo immobile.

Non volle abbracciarla. Era un addio, e di questo una

volta tanto era sicuro, ma non gli interessava mantenere un bel ricordo di quegli istanti. Sapeva che tutto quello che sarebbe venuto dopo sarebbe stato meglio di tutto quello che c'era stato prima. Ma sulla porta di casa, quando aveva già messo fuori la borsa e una gamba, si pentì, e si girò imbarazzato: "Senti, per il corso di Elisa, quello delle foto... e per gli studi di Lucia... magari posso dare una mano anch'io... Vorrei che andasse tutto bene". Dietro le spalle di Marta intravide Ciacci seduto sul tavolo della cucina: aveva l'aria di uno che si era appena svegliato e che si sarebbe preso almeno un'oretta prima di iniziare a lavorare.

"Non serve, davvero. Ce la faremo. Ce l'abbiamo sempre fatta." Quanto inutile orgoglio.

"In questo caso... Meglio così. Stammi bene."

"Sì. Anche tu. Ciao." Secondo addio in due giorni.

Cercò un notaio. Voleva capire quanto tempo sarebbe servito per entrare in possesso del patrimonio di suo padre. Era figlio unico, orfano, senza cugini, zii, nonni. Il suo albero genealogico era un cipresso, e questo non faceva che confermare i suoi dubbi su Lucia, che rappresentava un'eccezione da ogni punto di vista. Anche Marta era figlia unica, ora che ci pensava. Chissà se era quello il motivo per il quale si erano messi insieme.

Ne trovò uno con lo studio in periferia. La segretaria, pignola e simpatica come una calcolatrice, gli fissò un appuntamento per il giorno dopo, nonostante lui avesse insistito per ottenere un incontro immediato – la promessa di passarle qualcosa sotto banco non era servita a niente. Era uscito di casa troppo presto, aveva sbagliato la sequenza delle operazioni da compiere. Prese la metropolitana, si spostò verso il centro e vagò a caso per due ore: una volta pagati gli strozzini, rifletteva, si sarebbe fatto una vita nuova, anche se non aveva la minima idea di come si faceva. Ora che ci pensava con più calma, con un caffè davanti, le ucraine tettone rappresentavano un potenziale pericolo, per un uomo ricco: finivano sempre per spolparlo. Un tizio che aveva incontrato all'ippodromo una decina di anni prima, e assieme al quale aveva perso cinquemila euro in un minuto e mezzo, gli aveva raccontato che aveva sposato una russa e questa nel giro di un anno lo aveva portato alla rovina. "Una sera sono tornato a casa e niente, mi aveva cambiato la serratura. Da sotto la porta mi ha passato il biglietto da visita del suo avvocato... mi aveva fregato tutto. Si era portata dietro un russo, probabilmente suo marito, e io non ne sapevo un cazzo. Un russo gigantesco, un molosso, un trattore con le gambe. No, peggio: un carrarmato con i capelli. Mi hanno infilato un baobab nel culo, con le foglie e i rami e le radici. Hai mai visto quanto grande è un baobab? In foto non è la stessa cosa. Neanche dal vivo, a dire il vero, è la stessa cosa. È quando te lo infilano nel culo che capisci quanto grande è." Doveva stare attento, fare tesoro dell'esperienza degli amici. Andò avanti per approssimazioni successive. Un'italiana. Un'italiana del Nord. Una milanese. Una vedova milanese! Doveva avere un piccolo gruzzolo da parte, per contribuire alle spese del loro ménage. Non troppo vecchia, oppure vecchia ma ben rifatta. Non aveva mai provato a stringere due tette di gomma... *Destiny* lo avrebbe aiutato a trovare una moglie. Era giunto il momento di divorziare per potersi sposare di nuovo. Con i soldi ci sarebbe finalmente riuscito; avrebbe aperto un conticino per Elisa e uno per Lucia, anche se Lucia... Ma era simpatica, le si era affezionato. Al diavolo il DNA! C'erano uomini che avevano messo al mondo dei cretini – suo padre era convinto di essere uno di loro – e si vergognavano dei loro figli: lui, che ne aveva una dalle dubbie origini, ma sveglia, furba, brava, ne andava fiero...

Passò la notte in un piccolo albergo. I cinquecento euro

della finta bomba gli avrebbero garantito un po' di autonomia. In camera (un loculo foderato di carta da parati e moquette verde), guardò una partita di calcio, un documentario sui rinoceronti della Rhodesia (c'era di nuovo la tettona che qualche mese prima si era presa cura di un bestione impallinato) e un telegiornale locale dove si raccontava che nel tardo pomeriggio era esploso un cassonetto per cause non ancora chiarite. Nessun morto, due macchine disintegrate, vetri dei palazzi intorno frantumati fino al terzo piano. Gli dispiaceva, ma cosa avrebbe dovuto fare? Portarsi il finto tritolo a casa? Nelle immagini si vedeva un buco profondo mezzo metro e largo due. Non male per essere un bluff.

Poi, finalmente, spense la luce e si mise su un fianco a dormire. Era emozionato come un bambino alla vigilia di una gita. Non era mai stato ricco: prima per colpa di suo padre, che anche se guadagnava bene aveva delle idee assurde sui vantaggi dell'educare i figli in povertà, poi perché, quando lui aveva ottenuto l'indipendenza, quando era stato sbattuto fuori di casa, non era mai andato oltre a una malinconica sussistenza, nonostante gli innumerevoli sforzi in ogni direzione. Gli erano mancate le amicizie giuste, la costanza, una visione un po' più chiara di quello che serviva per fregare il prossimo. O forse era il mondo che non andava: se non avevi i soldi, non ne potevi avere, una legge che qualsiasi banca avrebbe potuto spiegare con molta chiarezza. Ma ora, finalmente, dopo tanti anni, le cose avrebbero preso la piega giusta. Con tutti quei soldi si sarebbe fatto un prestito milionario. Sentiva di essere pronto per una nuova forma di serenità.

16.

"Posso entrare?"

"Ho quasi finito."

"Mi scappa la cacca."

"Resisti ancora un minuto. Siediti per terra."

"Non fa bene, tenersela."

"Ancora trenta secondi. Dove è finita la mamma?"

"È in cucina che si sta stirando la gonna. Non ce la faccio di più."

"Quindici secondi."

Finalmente si spalancò la porta e Lucia corse a sedersi sul gabinetto.

"Come ti sembro?" le chiese Elisa. Si era truccata con una pazienza infinita, una ciglia alla volta.

"Sei bellissima. Tu sei sempre la più bella di tutte." Glielo diceva spesso. Era una sorellina innamorata e per niente invidiosa.

"Il tuo vestito è pronto?"

Lucia annuì, con gli occhi lucidi per lo sforzo. Sembrava più carina – la parrucchiera aveva finalmente sistemato la frangetta.

La mattina prima, la meticolosa organizzazione dello Stato aveva recapitato loro gli inviti per la premiazione in una busta che era rimasta sul tavolo per l'intera giornata. Quando Marta finalmente la aprì (era già sera), iniziò la frenesia da preparativi.

Cara Elisa, c'era scritto, *sono felice di comunicarti che sei finalista al concorso fotografico dedicato al ventunesimo secolo. La Presidenza del Consiglio ha sostenuto questa iniziativa con tutti i mezzi a sua disposizione: credo che il futuro dell'Italia sia nelle mani dei giovani artisti come te, che mettono il loro talento al servizio della Nazione. Nei prossimi anni ci aspettano grandi sfide, e sono sicuro che tu sarai una protagonista. Se i miei numerosissimi impegni internazionali me lo consentiranno, sarò io stesso a consegnarti il premio.*

Sotto c'era la firma svolazzante del presidente del Consiglio e, in un foglio allegato, orario e luogo della cerimonia – le sette di sera in un centro commerciale aperto da poco. Ci sarebbe stato anche un gruppo di musica leggera (c'era scritto proprio così: "musica leggera") e un rinfresco per tutti i partecipanti. Il dress code prevedeva giacca per gli uomini, gonna per le donne. No burqa per le signore, no turbanti per i signori. Valigie, trolley, borse: vietatissime. La lettera era misteriosamente profumata, e la firma che si leggeva era vera, fatta a mano: si vedeva perfino una macchia di unto proprio in corrispondenza del cognome, l'impronta di un dito. E all'inizio della lettera, nella prima riga, c'era scritto il suo nome: *Cara Elisa...* Aveva solo sedici anni, e il presidente del Consiglio le aveva già scritto una lettera e l'aveva pure firmata di proprio pugno. Forse sua mamma aveva davvero ragione quando le diceva che era brava, che le sue foto avevano qualcosa di speciale. Nel sito del concorso aveva letto che i partecipanti erano stati dodicimila, e tra questi c'erano sicuramente dei professionisti – dei tizi con macchine fotografiche da cinquemila euro, il cavalletto e un gilè pieno di taschini. Ma lei, che usava una Canon trovata in un parco, che non aveva ancora capito quale fosse la regola per impostare correttamente gli ISO – una principiante assoluta che si affidava semplicemente al proprio istinto – era arrivata fra i primi tre: dietro di lei, undicimila e novecentonovantasette persone.

"Lucia, quanto è in percentuale tre su dodicimila?"

"Lo zero virgola zero venticinque per cento." Era impossibile trovarla impreparata.

"E uno su dodicimila?"

"Lo zero virgola zero zero ottantatré per cento. Siamo arrivate ai millesimi."

Sarebbe cambiato davvero qualcosa, per lei, se avesse vinto? Bastava questo per poter iniziare a pensare a una vita diversa? Marta, che stava cercando di infilarsi nel vestito che aveva adattato per l'occasione, ci sperava fino in fondo. Era convinta che il talento andasse coltivato, supportato, alimentato: l'impegno quotidiano con il quale mandava avanti quella piccola famiglia disastrata, lo sforzo incessante, la fatica di non mollare mai, non potevano produrre soltanto due minuscoli ingranaggi senza nome... Non era quello il motivo per il quale la gente metteva al mondo altra gente. Chissà cosa pensavano i genitori delle sue ex compagne di classe, umiliate da mariti egoisti, ferite da un lavoro che bastava a malapena a sopravvivere: chissà cosa avrebbero pensato i suoi genitori, se fossero stati ancora vivi. *Marta*, le avrebbero chiesto, *cosa è successo? Cosa non è andato per il verso giusto?* Tutto. Niente. Non è un mondo facile da attraversare, papà. Ci ho provato, mamma. Qualcosa ho combinato. Mio marito se ne è andato per l'ultima volta, e forse questa è la migliore notizia degli ultimi mesi; ora c'è Fabio, e ci sono sempre Elisa e sempre Lucia, e il loro futuro. Non ho mai smesso di crederci. Non ho mai smesso.

Qualche ora prima, lui, l'ex marito che se ne era andato, si stava scolando la terza birra dell'ultima mezz'ora – ed erano solo le dieci del mattino. Non si era ancora ripreso dall'apertura del testamento: cinquantamila euro in tutto. Il resto, gli aveva spiegato il notaio abbassando la voce, suo padre l'aveva speso in donne – in troie, per essere più precisi. La vedovanza lo aveva prostrato ma non gli aveva fatto perdere l'appetito. Al suo unico figlio, all'unico ramo della sua pianta inaridita, lasciava quel piccolo gruzzoletto con il quale non sarebbe riuscito neppure a coprire il suo debito. Niente case, niente conti cifrati in Svizzera, niente buoni del tesoro. L'equivalente dello stipendio annuale di un impiegato di medio livello. Un'altra birra. Un amaro. Quanto avrebbe potuto bere, con quei soldi? La vedova milanese da sposare, la casa in centro, le camicie stirate, l'ospizio per la sua vecchiaia, qualche vizietto... sfumati tutti i suoi sogni. Sarebbe diventato più brutto di prima – alla povertà si sarebbe aggiunto un rancore inestinguibile che gli avrebbe segnato il volto. Li vedeva, quelli che vivevano nel rimpianto, conosceva il loro ghigno, la smorfia contratta. Padre degenere e ingrato, neppure da morto gli era venuto l'istinto paterno, a quello là. E nell'attesa dell'eredità – una questione di vita *e* di morte – aveva perso un sacco di tempo che avrebbe potuto sfruttare in modo migliore. All'appuntamento con gli esattori mancavano tre giorni e ventimila euro. Con cinquantamila in mano poteva trattare, almeno un po', ma poi sarebbe ricominciato tutto da capo: i venti sarebbero diventati di nuovo settanta nel giro di qualche mese, e lui avrebbe dovuto riprendere la fuga. Neanche la lettura del giornale, sfogliato rabbiosamente, gli dava soddisfazione: tutte le notizie di cronaca nera – rapine, omicidi, regolamenti di conti – sembravano parlare improvvisamente di lui... Era diventato carne da macello. Diede un'occhiata alla pagina delle corse, che con gli anni si era ridotta a un trafiletto tra il basket e le bocce, sotto una pubblicità progresso per combattere la ludopatia. I cavalli non interessavano più nessuno: come lui, appartenevano a un mondo che aveva smesso di esistere da un bel po'. Cambiò pagina.

Con il dito scorse il lungo elenco dei necrologi. Ottantanove anni, novantuno, centotré, settantanove. Poi c'erano le commemorazioni: nel decimo anniversario della tua scomparsa, tua moglie sconsolata ti piange ancora. Sotto, la foto tessera di Luca Barboni, trentuno anni, occhi piccoli e un taglio di capelli che si usava un sacco di tempo prima. C'era gente che riusciva a essere fedele anche a un morto e dopo dieci anni piangeva ancora. Marta, ne era sicuro, non avrebbe versato nemmeno una lacrima, per lui; eppure, nonostante non lo amasse, aveva continuato a dirgli cosa doveva o non doveva fare. E non gli aveva mai domandato come avrebbe voluto che andassero le cose... Non gli sarebbe dispiaciuta una famiglia normale, con i soldi, in una casa con il giardino e una rendita sostanziosa, sufficiente per vivere senza l'obbligo del lavoro. O forse no: forse gli sarebbe bastato avere una casetta per conto suo, persone a rotazione per le carezze, in un numero sufficiente da garantirgli una certa varietà, figli da incontrare ogni tanto, e nessuna moglie tra i coglioni. Meglio. La responsabilità era uno dei grandi inganni del Novecento, che continuava a mietere le sue vittime. La gente aveva sempre avuto questa passione per l'autoflagellazione, ma ora che i divertimenti erano aumentati, e il reddito pro capite diminuito, serviva davvero una volontà di ferro per farsi carico di altri esseri umani. Finì i necrologi, e passò agli annunci dei matrimoni. Miriam e Aldo, Veronica e Luigi, Sandra e Remo. Mezza pagina di morti e tre righe di novelli sposi; e, in basso, l'unico bambino nato. Era tutto lì, il futuro: Tuzzi Michael, di anni zero. Si spostò sulla politica internazionale, poi gli spettacoli. Niente di interessante. Ordinò un'altra birra. Programmi televisivi. La Pagina della Cultura. Cronaca locale. To'. Il concorso delle foto sul ventunesimo secolo, premiazione alle ore sette, proprio quel giorno. C'era pure il nome di Elisa tra i finalisti. Previsto ricco buffet.

Arrivarono in macchina alle sei e un quarto. Marta aveva ottenuto, grazie a estenuanti trattative, un giorno di ferie e aveva già scritto le giustificazioni per i compiti che le sue figlie non avrebbero svolto. Il nuovo centro commerciale era gigantesco, una specie di aeroporto con un centinaio di negozi, una palestra, un multisala, una spa, sei o sette fast food, un ufficio postale, un asilo, un posto dove lasciare i cani durante la spesa; nel mezzo, visibile da ogni punto, c'era un'enorme sala a pianta circolare, sormontata da una cupola di metallo e vetro satinato. Sulla sommità si apriva un foro largo tre metri da dove entrava la luce del giorno. Le pareti curve che salivano verso il sole erano ricoperte da immagini dei prodotti delle aziende che avevano finanziato quell'opera – biscotti per bambini, bibite gasate, tortellini al cacio e pera, preservativi. Era il Pantheon lombardo, la *Große Halle* di Cesano Boscone. Stupore allo stato puro.

All'entrata un cartello pubblicizzava la premiazione. Nella parte bassa spiccavano la fascia azzurra con il logo della Presidenza del Consiglio e la faccia sorridente del presidente del Consiglio. Tutto intorno si vedevano poliziotti e carabinieri con lo sguardo vigile, le armi in mano, gli auricolari che penzolavano dalle orecchie, gli occhiali da sole; qua e là, altri tizi camminavano avanti e indietro, spingendo carrelli vuoti, e scambiandosi sguardi furtivi.

Si sedettero in una budineria e Marta ordinò tre frappè alla fragola. Era come essere in gita. Intorno alle sei e mezza arrivò Fabio, che si presentò alle ragazze. Era imbarazzato, com'era naturale, ma sorrideva. Da quando il suo ex marito se ne era andato, la situazione si era normalizzata. Si sedette, chiamò una cameriera con un gesto della mano, chiese un caffè e iniziò a parlare con loro: tu sei la piccola scienziata, giusto? E tu la fotografa piena di talento? Nel suo sguardo c'erano tracce dell'amore che Marta provava per le figlie, e che aveva condiviso con lui nelle lunghe chiacchierate che avevano preparato quel momento. Intanto un gruppo di operai stava dando gli ultimi ritocchi al palco nella hall del centro commerciale; due fiorai, più in là, piazzavano in prossimità dell'uscita delle piante tropicali alte tre metri. Il servizio di catering aveva già disposto i tavoli vicino alle scale mobili: nei paraggi si stava formando una fila di persone, per lo più anziane, che attendevano che venissero scoperti i vassoi.

Lucia iniziò a calcolare, scrivendo numeri su un tovagliolo di carta, l'area dello spazio in cui si sarebbe tenuta la premiazione e il numero massimo di uomini che avrebbe potuto accogliere. Fabio guardava soddisfatto quella che, forse, aveva già iniziato a considerare la propria famiglia. Marta era raggiante: sembrava che tutti gli sforzi che aveva affrontato stessero trovando la loro giusta ricompensa. Stava nascendo qualcosa di nuovo, e questa volta le cose sarebbero andate per il verso giusto.

"Guarda, mamma!" Elisa indicò l'entrata principale: si intravedeva uno squadrone di guardie del corpo che avanzavano compatte, disposte a semicerchio attorno a qualcuno che, a occhio, poteva essere il presidente del Consiglio venuto a consegnare di persona il premio.

La selezione della clientela si attuava anche così: nella progettazione di un centro commerciale, ci si assicurava che nessun autobus passasse da quelle parti. Dopo aver vagato per il centro in uno stato di totale obnubilamento, pranzato dalle parti della Scala in un bar che vendeva tramezzini a peso d'oro, provato a smaltire la sbronza mattutina facendo avanti e indietro per sei o sette volte da piazza San Babila al Castello Sforzesco, aveva cercato di studiare la mappa di Milano e provincia per capire che mezzi prendere per arrivare a destinazione; dopo venti minuti il commesso della Feltrinelli lo aveva invitato a perfezionare l'acquisto della piantina o ad allontanarsi dalla libreria. Provò a spiegargli che il GPS del suo telefono non funzionava più da quando era stato in carcere ma gli sembrava di avere una patata in bocca. Si affidò al sole: prese un tram che andava verso ovest – la direzione era quella – ma non si accorse che all'altezza di corso Sempione i binari avevano virato verso nord, portandolo, nel giro di pochi minuti, a chilometri di distanza dalla sua meta. Senza nessun preavviso, salirono i controllori. Multa. Lo fecero scendere in mezzo al nulla. Attraversò la strada e aspettò il tram sul lato opposto. Quando gli effetti della birra iniziarono ad affievolirsi, scorse il cartello di senso unico, una cinquantina di metri più in là. Dov'era la strada del ritorno? Vagò in quella periferia sconosciuta per un'ora, abbrustolito da un sole quasi estivo, prostrato dalla fatica e dalla disperazione. Erano mesi che gli andava tutto storto – per essere precisi, dal giorno in cui Elisa e Lucia si erano presentate a casa sua, così, di sorpresa, con la valigia e il gatto. Da allora la sua buona stella lo aveva abbandonato. Anche l'idea di installarsi a casa di Marta era stata un errore clamoroso. Aveva perso un sacco di tempo per niente, e il morale gli si era fiaccato: non voleva ammetterlo ma gli si era insinuato, sotto lo sterno, a una spanna dalle clavicole, un languore familiare, casalingo, paterno… o filiale, non gli era chiara la differenza, forse muliebre, comunque molliccio – e pericolosissimo. Non aveva nulla contro i sentimenti, che anni prima era sicuro di aver provato, ma non se li poteva più permettere, non di così invasivi. Provò con l'autostop. Un vecchio accostò, tirò giù il finestrino e gli gridò dietro di tutto. Non si usava più. Camminò verso sud, passò attraverso i palazzoni degli operai, i caseggiati degli impiegati, le casette a tre piani dei quadri e le bifamiliari dei dirigenti; poi i palazzi della fine dell'Ottocento dei ricconi, le ville con giardino degli imprenditori, davanti ai negozi da mille euro per una cintura, in mezzo a un parco pieno di badanti moldave e baby sitter filippine, fino ad arrivare, per la seconda volta in quel giorno, dalle parti della Scala, sfinito. Prese un caffè, tornò alla Feltrinelli di piazza del Duomo, comprò la piantina e la studiò, finalmente lucido. Tram, altro tram. Quattro chilometri a piedi. Un bar, due birre, un caffè. Intorno alle sette e un quarto era davanti alla faraonica entrata del centro commerciale: arrivava una musica che si confondeva con il rumore di una folla in festa. Aveva fame. Era pronto a vedere sua figlia vincere un premio.

Mezz'ora prima, Elisa aveva ricevuto un messaggio su WhatsApp. Dopo averlo letto si era rivolta a sua madre: "Sono arrivati". Fabio si era offerto di pagare i frappè, Marta gli aveva detto che non serviva ma alla fine aveva ceduto. Si erano alzati e avevano seguito Elisa, che puntava verso un negozio di calze affacciato su uno dei due lati corti della *Große Halle*. Davanti alla vetrina li aspettava una famiglia dall'aspetto un po' dimesso. Elisa si era avvicinata alla madre, piccolina e scura, e l'aveva abbracciata; poi si era chinata verso il figlio, un bambino di otto o nove anni, con gli occhi grandi, le orecchie a sventola, lo sguardo dolce e sveglio, e gli aveva dato un bacino sulla guancia; quindi aveva stretto la mano al padre.

"Mamma, chi è quel bambino?" aveva chiesto Lucia.

Marta aveva cercato di capire dove l'aveva già visto. Poi: "Non ne sono sicura, ma credo di aver capito".

Elisa si era tolta la macchina fotografica che teneva al collo e l'aveva data alla donna, che aveva unito le mani in segno di ringraziamento e l'aveva abbracciata di nuovo.

Si guardò intorno. Non aveva mai visto una sala così grande e così alta, e così tanti negozi tutti insieme. I tavoli del buffet erano infognati dalle parti delle scale mobili, sorvegliati a vista da uno stuolo di cameriere tutte uguali – piccole, bionde, slave e con la faccia da guardiano. Dov'era Elisa? Si specchiò nella vetrina di un negozio di calze: sembrava un vecchio. Finalmente la vide: era già sul palco, illuminata dalla luce di un faro, accanto ad altri due tizi, forse gli altri finalisti, emozionata, sorridente, quasi impaurita, ma felice. Con la mano salutava qualcuno tra la folla – Marta? Guardò anche lui nella stessa direzione. Troppa gente, non riusciva a riconoscere nessuno. Il presentatore dell'evento aveva un'aria da televendite – materassi, coltelli per il sushi, panche per addominali. Leggeva il testo da un foglio che teneva in mano: "Il ventunesimo secolo da poco iniziato è un tempo carico di promesse che i partecipanti a questo storico concorso hanno saputo cogliere con immenso talento". I due accanto a Elisa commentavano tra loro a bassa voce. "Siamo entrati in un'epoca storica in cui le opportunità di migliorare la propria vita sono finalmente alla portata di tutti. La tecnologia sta creando una rete immensa di collegamenti che consente di unire domanda e offerta, competenze e necessità."

Pensò che era così che gli autori di fantascienza degli anni sessanta vedevano il futuro. Ma, per essere onesti, bisognava ammettere che quel futuro non era mai arrivato. Il presente era la desolazione che circondava quell'immenso centro commerciale, lo scarto incolmabile tra chi aveva i soldi e chi li doveva spendere per sopravvivere. La sua vita, che si era sbriciolata tra debiti, lavori persi, ricatti e botte, non era un'aberrazione inspiegabile ma il sottoprodotto di quegli anni. E non era il solo. La fatica di Marta, l'appartamento in cui vivevano, i vestiti di Lucia, le cene preparate con la bilancia in una mano e la calcolatrice nell'altra... Ventunesimo secolo allo stato puro. La differenza era che Marta resisteva, e quindi soffriva. Lui si era affidato alla corrente del tempo, e aveva rinunciato a tutto. Gli bastava essere vivo, arrivare a sera, un giorno alla volta.

Quando il presentatore finì il foglio fece un cenno con la mano verso un gruppo di carabinieri, che si spostarono per far passare qualcuno. Contemporaneamente, Elisa lanciò ancora un saluto verso la folla. Lui guardò nel mucchio, poi verso il palco. Palco e mucchio. Mucchio e palco. Tra la folla, Marta, e accanto a lei, abbracciato a lei, Fabio! Che ci faceva accanto a Marta, l'unico uomo che lui avesse sempre amato? Ed ecco la sorpresa: il presidente del Consiglio non c'era! Al suo posto, Ledidiana Dalla Rava in Calore, la donna per la quale aveva perso la testa durante i mesi in carcere, la suora laica, la filantropa dal cuore d'oro che avanzava con passo sicuro, portando le sue tettine e il suo naso sotto i riflettori. Evidentemente c'era stato un cambio di programma e avevano scelto lei come madrina della serata. Roba da infarto.

Ledidiana, che indossava un lungo vestito rosso senza maniche, con un fiocchetto stretto in vita, prese il microfono e subito si scusò per l'assenza del presidente del Consiglio, impegnato in giro per il mondo. Pausa, qualche fischio, qualche applauso. Disse che era felice di avere la possibilità di conferire quel premio a persone tanto meritevoli di fronte a un pubblico così bello. Altro applauso, questa volta più convinto, che coprì alcune scaramucce tra barboni nei paraggi del buffet, prontamente sedate dal servizio d'ordine. Intanto Fabio, in mezzo alla folla, sussurrava qualcosa nell'orecchio di Marta, e lei rideva. Marta non aveva mai riso con lui, e lui non aveva mai riso con Fabio, e Fabio aveva sempre parlato poco con lui. Con Marta ci aveva fatto una figlia, forse due, ma non ricordava di averla mai desiderata sul serio, e a dire il vero non ricordava nemmeno che Marta lo avesse mai desiderato. Su cosa si era basata la loro storia? Su cosa era stata fondata quella specie di famiglia che avevano portato avanti, a fasi alterne, per tanti anni? Ledidiana, intanto, continuava a ringraziare: le forze dell'ordine che garantivano il sereno svolgimento di quella giornata, la giuria che aveva visionato migliaia di fotografie alla ricerca dell'immagine che sapesse cogliere l'idea del ventunesimo secolo, i partecipanti al concorso che, anche se non erano arrivati in finale, avevano "fatto cose stupende". Intanto dai vassoi arrivava odore di würstel, pane e pizzette. C'era il rischio concreto che quella cerimonia finisse in una gigantesca rissa, ma Ledidiana, imperturbabile, faceva finta di niente: il discorso che aveva imparato a memoria non prevedeva deviazioni o imprevisti. Intanto sullo sfondo scorrevano le foto che non avevano vinto: piazze di antichi borghi medioevali, il Ponte Vecchio di Firenze, un'autostrada trafficata, un cielo solcato da scie chimiche, un gattino che leccava l'orecchio di un altro gattino, una bacheca di Facebook, e facce, visi, volti, occhi spalancati, bocche che ridevano, mani, baci, spalle, piedi nudi che camminavano lungo il mare, abbracci tra donne che piangevano, un impianto eolico che svettava dietro a una casa diroccata, un parto in acqua, un funerale con una bara bianca, uno stadio stracolmo di gente, una coppia in cui ciascuno guardava il proprio telefono, colazioni in bianco e nero, dei piatti macrobiotici, un ragazzino paraplegico che giocava con un tablet, un centro commerciale invaso dall'acqua, un politico che parlava a una piazza vuota, un fotomontaggio di Beppe Grillo vestito da Hitler... Il mondo passava là dietro, un'immagine alla volta, e molti vi si riconoscevano, talvolta compiaciuti, talvolta a malincuore. Sembrava che il ventunesimo secolo stesse trovando, a piccoli passi, una propria identità: presto nessuno lo avrebbe più confuso con quello precedente, così ingombrante nella sua ricchezza e nel suo orrore.

Finalmente si arrivò al momento della proclamazione del vincitore. Lui si fece più vicino al palco, per farsi riconoscere. Elisa non lo aveva ancora visto. Al terzo posto si classificò uno degli altri concorrenti, un ometto con i baffi gialli e gli occhiali spessi. Aveva fotografato un cane senza una gamba in braccio a un bambino al quale mancava un occhio: *un tenero amore tra ultimi* disse Ledidiana consegnandogli un assegno. Ne rimanevano due: Elisa, che sul palco sembrava ancora più bella, e un uomo con due chili di barba e i capelli corti. Si avvicinò ancora un po'. Il presentatore, ritornato in scena, iniziò a ringraziare tutti gli sponsor che avevano reso possibile quella manifestazione: il supermercato che affacciava le sue casse automatiche sulla sala, la parrucchiera ParrucChiara di Chiara Simonini e figli, la spa del centro commerciale che solo per oggi offriva massaggi con il fango al 50 per cento del prezzo di listino, il bar Biere e il barbiere Bar, tra loro confinanti (taglio uomo, caffè e brioche quindici euro). Marta, in mezzo alla folla, emozionatissima, un po' si sbracciava per salutare Elisa e un po' si stringeva a Fabio, che teneva sulle spalle Lucia. Ecco cosa avevano in comune lui e la sua ex moglie: quell'uomo. Evidentemente avevano gli stessi gusti.

Le luci si abbassarono. Partì una musica piena di suspense. I due finalisti, che si tenevano per mano, illuminati ciascuno da un faro, come nella finale di un reality. Ledidiana si piazzò in mezzo a loro. Arrivò la busta. Il presentatore lesse la motivazione del primo premio: *per aver saputo rappresentare la brutalità delle periferie.* Gli occhi di Elisa iniziarono a riempirsi di lacrime. La madrina della serata chiese il microfono. "Possiamo vedere la foto vincitrice?" Veloce scambio di sguardi tra il presentatore e il regista occulto della manifestazione. "Possiamo," disse. Qualche secondo di attesa e poi sul megaschermo alle spalle dei finalisti comparve lo scorcio di una piazza, di notte; al centro, illuminati da un lampione come in un quadro di Caravaggio, due energumeni intenti a prendere a calci un uomo disteso a terra che opponeva a quei colpi le braccia magre. Calò un silenzio siderale. Era quella l'immagine più precisa del ventunesimo secolo? L'uomo con la barba strinse la mano a Elisa e si fece da parte. Il presentatore chiese di far partire *We Are the Champions* e passò una busta a Ledidiana che, dopo averla aperta, gridò nel microfono: "Il vincitore è... Elisa Franti!".

Subito l'abbracciò, facendo attenzione a non rovinarsi il trucco. Riprese il microfono in mano: "Dove sono i tuoi genitori?". Si udì un colpo, come di un fucile, e sul palco scese una pioggia di coriandoli. Marta cercava di farsi largo tra la folla per raggiungere Elisa, ma lui era più vicino: sgomitando, e gridando che era lui il padre della campionessa, arrivò su palco per primo, e abbracciò sua figlia.

"Che ci fai qui?"

"Cara Elisa, che felicità essere qui con te, per la tua vittoria!"

Ledidiana, che era sempre molto educata, gli tese la mano e lui la strinse come una reliquia. "Vuole dire qualcosa?" Gli offrì il microfono.

"Papà, ti prego," lo supplicò Elisa sottovoce.

"Buonasera a tutti. Sono il padre di Elisa. Sono molto contento di questa vittoria. I ragazzi di oggi hanno molto talento e vanno sostenuti." Non aveva mai parlato in pubblico: il faro sparato sugli occhi nascondeva la folla, ma poteva sentire il suono che produceva, quel rumore bianco che non significava nulla. "E sono felice che ci sia qui anche la signora Ledidiana in rappresentanza del governo italiano..." Le era così vicino che sentiva il profumo dello shampoo con il quale si era lavata i capelli. Abbassò lo sguardo sui suoi piedi: aveva un paio di sandali che lasciavano scoperte le dita piccole e regolari. Non poteva desiderare niente di più bello. "E sono felice di essere vicino a una signora tanto gentile e tanto onesta, che con la sua bontà ha saputo regalare la gioia ai bambini e agli uomini, e che poi è anche molto bella..." Il rumore bianco si stava trasformando in una risata, prima sommessa, poi fragorosa. Elisa gli strinse un braccio: "Papà...". Aveva le lacrime agli occhi, ma adesso non sembrava felice.

"Sono confuso," le disse abbassando lo sguardo. Non ci poteva fare nulla, era pur sempre un uomo. Aveva desiderato quella donna per mesi, e il corpo non dimenticava certe cose.

Con la scusa di voler stringere la mano al secondo classificato, il presentatore gli si piazzò davanti, nascondendolo al pubblico; subito dopo entrò una specie di valletto che portava due buste: erano gli assegni.

Lui scavalcò il presentatore e tese la mano: "Datelo a me, datelo a me, lei è minorenne". Marta, da sotto, si sbracciava perché non lo facessero, ma ormai era troppo tardi: in quella lotta per la sopravvivenza, il suo avversario non aveva rivali. Poi salirono dei carabinieri che lo trascinarono giù con la forza; riuscì a salutare Elisa con un buffetto sulla guancia, e a fare l'occhiolino a Ledidiana, che lo guardava con orrore.

Lo raggiunse Marta: era sconvolta, e urlava, ma non si capiva molto di quello che diceva: la voce era coperta dalla musica a tutto volume. Piangeva, però; lo si capiva anche in mezzo a quella confusione. Si spostarono verso i margini della sala, e lui cercò di leggere il labiale: "Perché sei venuto?".

"Sono suo padre."

"Perché sei salito sul palco?"

"Sono suo padre." Prendeva tempo, cercando di impostare la propria linea difensiva.

"Perché hai ammaliato così Elisa?"

Non era sicuro di aver capito bene. "Ammaliato?"

"Umiliato, stronzo, umiliato! Sei... sei una merda! Hai rovinato il giorno più bello di tua figlia..." Piangeva di rabbia. "Ridalle l'assegno! Ridalle l'assegno!" gridava. Poi, quasi sommessa: "Perché sei tornato? Perché non te ne sei rimasto dove eri?".

"E tu? Che bisogno avevi di portarti dietro il tuo nuovo marito, alla festa di nostra figlia?" Sapeva che le due carognate non erano paragonabili, ma doveva pur difendersi in qualche modo. E comunque c'era rimasto male veramente, per quella sorpresa. Un duplice tradimento. Gli vennero in mente anche i fiori che aveva regalato a Fabio, e il profumo di rose che aveva sentito a casa la sera stessa. Qualcuno aveva fatto del riciclaggio; qualcuno era più meschino di lui.

Marta controbatté: "Questa è una storia che non ti riguarda!".

Toccava a lui: "Be', a volte la vita è curiosa. Io me lo scopavo quando tu eri ancora una bambina". Touché.

"Che cosa stai dicendo?"

"Quello che ho detto. Me lo scopavo. Lui scopava me. E pompini a vicenda, come se piovesse." Non era vero, ma in fondo non si trattava che di dettagli. "Abbiamo gusti simili, io e te." Era in nettissimo vantaggio, tanto che Marta dovette tirargli una sberla in faccia. "Sei un mostro! Che bisogno hai di mentire sempre, sempre, sempre? Di distruggere tutto quello che tocchi?"

Quindi era questa la strategia della sua ex moglie: approfittare del fatto che qualche volta si era lasciato scappare una bugia per negare la verità. Ma non gli andava di passare per l'unico stronzo della storia. "Non siete innocenti. Vi piace pensarlo, ma non lo siete. Ne vuoi sapere un'altra? Quell'uomo preso a calci nella foto di Elisa sono io. Non mi scandalizzo, il mondo funziona così, ma anch'io ho dato il mio contributo alla causa."

"Smettila, bugiardo!" Marta era stravolta.

"Senti, credi quello che vuoi. Io però ora devo andare. Ho un affare in sospeso. Tu torna alla tua bella famigliola. I soldi te li faccio avere appena sistemo tutto. Non ho rubato niente a nessuno, solo un piccolo prestito. Ci tengo quanto te." Si divincolò dalla presa di Marta e cercò di dirigersi verso l'uscita. La folla, però, si era ammassata nei paraggi del buffet, formando un muro umano impenetrabile. Un maresciallo invitava alla calma gridando in un megafono. La signora Dalla Rava in Calore sul palco consolava Elisa – non sarebbe stata male, come madre dei suoi figli; più in là intravide Fabio che consolava Marta. Sarebbero sopravvissuti a tutto, ce lo avevano nel DNA. E anche lui giocava la sua parte: quelle famiglie così perfette, dove la mamma si faceva carico di ogni cosa e le figlie vincevano premi, avevano bisogno di un capro espiatorio che spiegasse perché, nonostante tutto, la felicità non arrivasse mai. Da quel punto di vista, lui era l'ideale. Girò per la sala in cerca di un'uscita. Trovò un ascensore. Scese. Era nel parcheggio del centro commerciale. Si sentiva il suono della musica che veniva da sopra, attutito, e il rumore dei passi delle centinaia di persone accalcate per mangiare un pezzo di pane. Camminò in cerca di un'uscita. L'emozione si era chetata, e aveva un assegno da quindicimila euro in tasca. Forse ce l'avrebbe fatta. Poi vide due uomini che si allontanavano correndo: indossavano giacche di pelle e sulla faccia avevano una bandana nera. Dove li aveva già visti? Andò nella loro direzione. Passò accanto a un pick-up rosso, enorme. I due si erano dileguati. Fece ancora qualche passo, poi tornò indietro. Sul cassone della macchina c'era una lavatrice, e, dentro la lavatrice, qualcosa che lampeggiava. Guardò meglio: fili che entravano, fili che uscivano. Pensò al tutorial che gli avevano mostrato su Internet, quando era ancora in trattativa per l'esplosivo. Parlavano di un frigorifero o dicevano che sarebbe andato bene un qualsiasi elettrodomestico, come involucro per la bomba?

Corse verso l'ascensore, salì al piano superiore e sgomitando cercò di arrivare verso il palco, ancora presidiato dalle forze dell'ordine. A metà della sala, fu fermato dai carabinieri di prima.

"Che ci fai ancora qui?"

"Dovete sgomberare il centro commerciale."

"Certo, con calma. Intanto, però, sgomberiamo te."

"Qui sotto c'è una bomba pronta a esplodere!"

"Bene, potresti infilartela nel culo e andare a farti un giro. Serve che ti accompagniamo?"

Non gli credevano.

Si spostò verso le scale mobili che portavano al piano superiore. Dall'alto, vide che la folla era in preda a un attacco di frenesia alimentare, come certi branchi di piranha in un fiume attraversato da un vecchio gnu. Vide Marta, ancora tra le braccia di Fabio. Provò a chiamarla, ma in quel frastuono era impossibile farsi sentire. Le telefonò. La vide prendere in mano il cellulare e riconoscere il suo numero con un fremito di rabbia. Chiese a Fabio di rispondere.

"Cosa vuoi?" Gli parlava come se fosse lui, il marito.

"Ve ne dovete andare, siete in pericolo."

Fabio alzò lo sguardo per cercarlo; lui si sbracciò inutilmente.

"Non sto mentendo. È la verità."

"Perché stai facendo questo?"

"Fabio," gli disse, "lasciamo perdere il passato. È andata come è andata. Non sono arrabbiato perché fai sempre finta di non ricordare. Ma ora dovete scappare, sta succedendo una cosa molto brutta, adesso, qui sotto."

"Quand'è che mollerai la presa?" Gli chiuse il telefono in faccia e lo ripassò a Marta.

Ecco come funzionava il mondo: tu passavi il tempo cercando di essere simpatico e di rendere la vita un pochino più accettabile, più bella, dove era possibile, e poi... poi improvvisamente scoprivi che nessuno era più in grado di prenderti sul serio. Questa volta, però, c'erano in gioco delle vite umane, alcune delle quali lui conosceva molto bene.

Corse di nuovo verso l'ascensore, e di nuovo scese. Il pick-up era ancora là, con il suo carico sul cassone. Gli si avvicinò, pieno di terrore. Ci salì sopra. Guardò l'orologio della lavatrice: ventidue minuti. Dai cessi, che erano poco più in là, arrivava la voce sgraziata di un uomo che cantava a squarciagola *questo amore è una camera a gas...* Ricordava ancora qualcosa di quanto aveva visto nel video, il giorno che Elvis lo aveva portato a conoscere i bombaroli: il filo rosso, il filo blu. Però qui ce n'era solo uno, ed era verde. Gli tremavano le mani, scese dal cassone. Il tizio che cantava aveva finito di pisciare e ora gli si era avvicinato incuriosito. "Tutto bene?" gli chiese. Cosa poteva rispondere? Doveva trovare il modo di scappare: quelle forze planetarie che scuotevano il mondo, quei movimenti rivoluzionari, erano molto più grandi di lui, delle sue forze e dei suoi interessi. Magari non sarebbe successo nulla, magari era solo una ridicola messinscena per spaventare qualcuno. Se lo ricordava bene, quello che avevano detto: colpiremo un edificio vuoto. Lo avevano detto? Gli pareva di sì. Non un centro commerciale nel pieno di una festa... In ogni caso, lui aveva avvertito tutti, e se non gli avevano creduto non poteva farci niente. Era nato per vivere, lui, l'aveva sempre saputo. Nessuna esitazione, mai. Attaccato ai giorni che scorrevano, a ogni singolo istante – una creatura semplice e felice. Poi il tizio indicò qualcuno alle sue spalle: "E quella chi è?".

17.

Ora che ci pensava, da un pezzo aveva completamente perso di vista Lucia: era sulle spalle di Fabio, poco prima della premiazione, e poi era sparita. Perfino Marta, la giudiziosa Marta, Marta la *sempre responsabile di ogni cosa*, se ne era dimenticata. Madre snaturata. E ora Lucia era là, nel parcheggio del centro commerciale, a una ventina di metri da lui, nel suo vestitino grigio, con le calze bianche, le scarpette di vernice, con le mani dietro la schiena, i piedini vicini tra loro. Lo guardava immobile, imperturbabile, come se sapesse ogni cosa.

"Lucia, che ci fai qui? Dov'è la mamma?"

Lei fece qualche passo avanti, lui le andò incontro; quando le fu davanti, si inginocchiò e la guardò negli occhi, fissando quel viso pallido e trasparente.

"Papà, c'è un problema?"

"Credo di sì." Gli tremava la voce.

"Un problema grande?"

"Più grande di me."

"Volevo dirti che Elisa non è arrabbiata con te. Ti conosce, sa che sei buono."

"Dice così? Che sono buono?"

"Dice che sei solo stato molto sfortunato, e che qualche volta sei uno scemo."

"Scemo, sì..." Non gli dispiaceva l'idea. "Ma adesso..."

"Adesso devi solo risolvere il nostro problema, papà." Cosa sapeva, quello scricciolo, della sua vita? Aggiunse: "Lo puoi fare solo tu".

"Ma ho paura... Come devo fare? Non eri tu che volevi inventarti una cura, per questo?"

"Ho rinunciato al mio progetto, papà. La paura di morire è voglia di vivere e nessuno vorrebbe mai rinunciarci. Ora noi abbiamo bisogno di te: non era mai successo prima, vero? La mamma ha bisogno di te, e anche Elisa." Non era pronto. Come doveva dirglielo?

"Lucia, non ce la faccio..." ma lei aveva capito che stava cedendo, ancora prima che lui se ne rendesse conto.

Gli gettò le piccole braccia al collo e lo strinse forte. "Sei il mio eroe, papà." Avrebbe voluto dirle che lui non era suo padre, ma non voleva rinunciare a quella figlia, all'idea che anche lui, tutto sommato, era riuscito a fare qualcosa di buono. La strinse forte e con quegli ossicini tra le braccia per la prima volta nella sua vita intuì come si sentivano gli esseri umani.

Si alzò, prese l'assegno e glielo porse: "Dallo a Elisa, è suo". Le baciò la testa, i capelli sottili. "Ora vai dalla mamma." La vide mentre se ne andava saltellando verso l'ascensore, verso quel futuro che lui era costretto a salvare.

Tornò al pick-up, forzò la porta sul lato del guidatore. Trafficò con i fili sotto il volante. Lo mise in moto in meno di un minuto – non avrebbe mai pensato che quel trucco imparato da ragazzo lo avrebbe aiutato a morire. Salutò con la mano che gli tremava il tizio che era rimasto tutto il tempo accanto a lui senza capire ciò che stava succedendo. Imboccò le rampe che portavano fuori: la luce del tramonto era accecante. Vicino all'uscita del centro commerciale c'erano delle famiglie che avevano appena finito di fare acquisti; due bambine vestite di bianco tenevano in mano un palloncino giallo di ParrucChiara.

Avrebbe salvato pure loro, e nessuno lo avrebbe mai saputo. Dieci minuti, seicento secondi. Com'era possibile che le cose stessero andando in quel modo? E mentre cercava di trattenere il vomito che saliva a tutta forza, tornò il passato che aveva sempre cercato di dimenticare, e con il passato arrivò il futuro che non ci sarebbe stato. Elisa piccolina che succhiava la tetta di Marta. La speranza tradita di una vincita milionaria ai cavalli. Due energumeni che lo rincorrevano per ammazzarlo. Tutti i denti che aveva tolto, la sua personale riserva d'avorio. La ragazza storpia del suo secondino e la signora Pistorius. Suo padre che lo aspettava fuori dalla casa delle streghe con lo zucchero filato in mano e lui, un po' più grande, accanto a Fabio, in cantina, con i pantaloni calati, in silenzio, a quattordici anni. Lucia con la matita in bocca mentre faceva i suoi calcoli impossibili. Lucia grande che si laureava, Elisa che si sposava, Marta che si sposava un'altra volta, con Fabio, e lui con un'ucraina in qualche ospizio per vecchi maiali, sperando che finalmente lo lasciassero in pace a scopare, a mangiare, a dormire, lui morto. Non meritava di crepare, non uno come lui che si era sempre tenuto alla larga da tutto, ed era per questo che piangeva: per quella tremenda ingiustizia. La bomba non l'aveva costruita lui, e aveva avvertito i carabinieri, aveva avvertito anche Marta, e Fabio. Meritavano di morire loro. Lucia no, lei no, e neppure Elisa. Lo aveva fregato il caso, il destino... Lui non l'aveva voluta, la famiglia: se l'era trovata sulle spalle, poi se l'era scrollata di dosso, ma in qualche modo era tornata. Marta aveva un'abilità materna nel costruire i ricatti.

Gridò con tutta la voce che aveva: "Non voglio morire!". E bestemmiò.

La città intanto si era rarefatta – era arrivato alle metastasi periferiche – ma sui marciapiedi continuavano a passare quelle merde di ragazzini in bicicletta, e quegli stronzi di bambini rincorsi dai coglioni dei loro genitori, e passeggini, passeggini, passeggini, come se tutti avessero deciso di fare figli proprio in quel momento per poterlo inculare. Che relazione c'era tra le persone che dai lati opposti di grandi abissi si erano incontrate proprio a Cesano Boscone? Poteva scendere e scappare. Avrebbe voluto farlo, avrebbe dovuto farlo. Oppure portare la lavatrice verso il centro, nei quartieri dove la gente pensava ai soldi come a un'opportunità, un'occasione da cogliere e non come a una condanna – portargli la bomba in casa per ricordare loro la differenza tra capitale e lavoro... una bella dose di Marx, e di quell'altro, Hegel, o Engels, come cavolo si chiamava, quello delle città divise di quella merda di Fabio... Anche se la politica non faceva per lui, la rabbia ce l'aveva dentro comunque: era sempre stato povero, e questo bastava. Ma erano solo sogni: la realtà assomigliava a quelle strade che in teoria portavano da qualche parte, ma che in pratica ti costringevano a restare sempre in coda a un semaforo.

Cinque minuti. Sua madre, sfocata, vaga. Fabio, e la mamma di Fabio, mezza pazza, depressa, barricata in casa da anni. Le figlie, i primi soldi, Eva Lovia e il suo orribile cane, i soldi che non aveva mai avuto, le minacce degli strozzini, le sberle – quelle date, e quelle ricevute, una a una – e altri denti, le docce della palestra, il dolore, quel bacio che non aveva mai raccontato a nessuno, e gli occhi di Lucia che gli chiedevano di farlo, di immolarsi come un agnellino, di diventare un eroe, lui che era una merda, lui che aveva galleggiato sul mare del mondo cercando di non disturbare nessuno... due minuti, la morte che faceva tic tac, là dietro, e tutte quelle coincidenze, una dietro l'altra, come una congiura, un complotto planetario, il codice a barre e *Destiny* e i giornali in prigione con le foto di Ledidiana, la paura, le bugie, gli errori, l'inestinguibile voglia di vivere. Pochi secondi. Un parcheggio abbandonato sulla destra, la freccia. Il suo nome, sottovoce, un'ultima volta. Un secondo.

L'universo ci aveva messo quindici miliardi di anni, ma ci era riuscito. La fine.